2024년 11월 25일 1판 1쇄 **펴냄**
2024년 11월 15일 1판 1쇄 **인쇄**

펴낸곳 (주)효리원
펴낸이 윤종근
글 HR기획
등록 1990년 12월 20일 · **번호** 2-1108
우편 번호 03147
주소 서울시 종로구 삼일대로 457, 406호
전화 02)3675-5222 · **팩스** 02)765-5222

잘못 만들어진 책은 구입하신 서점에서 바꾸어 드립니다.
ISBN 978-89-281-0799-5   74810

이메일 hyoreewon@hyoreewon.com
홈페이지 www.hyoreewon.com

한 손에 쏙
세계 국기

HR기획 글

차례

아시아

오세아니아

차례

유럽

아메리카

차례

아프리카

아시아
카자흐스탄
아랄해
흑 해
조지아
아제르바이잔
아르메니아
카스피해
키르기스스탄
우즈베키스탄
투르크메니스탄
튀르키예
타지키스탄
카슈미르 (분쟁 지역)
시리아
지중해
레바논
팔레스타인
이라크
이 란
아프가니스탄
요르단
이스라엘
쿠웨이트
네팔
바레인
파키스탄
페르시아만
카타르
아랍 에미리트
인 도
사우디아라비아
오만
홍해
아라비아해
예멘
소코트라섬(예)
스리랑카
몰디브
인 도 양
차고스 제도(영)

몽 골
중 국
북한
동해
울릉도
대한민국
독도
황해
일본
제주도
데시
미얀마
마카오
홍콩
타이완
(대만)
태 평 양
베트남
라오스
마리아나제도
사이판(미)
필리핀
타이(태국)
만 제도(인)
괌(미)
캄보디아
르 제도(인)
민다나오섬
브루나이
말레이시아
말레이시아
싱가포르
보르네오섬
술라웨시섬
수마트라섬
인도네시아
뉴기니섬
자와(자바)섬
동티모르
코코스 제도(오)
크리스마스섬(오)

네팔 수도 : 카트만두

국기 삼각형은 히말라야산맥의 봉우리, 달 문양은 왕실, 태양은 재상 가문을 나타내요. 달과 태양은 네팔이 힌두교 국가로 영원히 발전하기를 바라는 뜻을 담고 있어요.

인구 2,965만 명

면적 147,180㎢

언어 네팔어

히말라야산맥의 마나슬루봉

대한민국 수도 : 서울

국기 '태극기'라고 불러요. 하얀 바탕은 밝음과 순수, 태극은 음과 양의 조화와 발전, 건(☰)·곤(☷)·감(☵)·리(☲)는 각각 하늘·땅·물·불을 뜻해요.

인구 5,175만 명

면적 100,339㎢ **언어** 한국어

엔 서울 타워

동티모르 수도 : 딜리

국기 빨강은 독립을 위한 투쟁, 노랑은 국가의 부, 검정은 혼돈, 하얀 별은 어둠 속의 빛을 뜻해요.

인구 142만 명 면적 14,870㎢ 언어 포르투갈어, 테툼어

동티모르 정부 청사

라오스 수도 : 비엔티안

국기 빨강은 혁명 때 흘린 피, 파랑은 번영, 흰 동그라미는 단합과 빛나는 미래에 대한 약속을 뜻해요.

인구 776만 명

면적 236,800㎢

언어 라오스어

비엔티안에 있는 부처의 사리탑 파탓루앙

레바논 수도 : 베이루트

국기 빨강은 용기와 희생, 하양은 순결과 평화, 가운데의 문양은 레바논삼나무로 불멸을 뜻해요.

인구 580만 명

면적 10,450㎢

언어 아랍어, 영어, 프랑스어

고대 도시 바알베크의 로마 유피테르 신전

말레이시아 수도 : 쿠알라룸푸르

국기 14개의 줄무늬는 14개 주, 달과 별은 이슬람교, 노랑은 왕조, 파랑은 단합을 나타내요.

인구 3,555만 명 **면적** 330,345㎢ **언어** 말레이어

말레이시아의 문화·상업·교통의 중심지인 수도 쿠알라룸푸르의 아름다운 야경

몰디브 수도 : 말레

국기 초승달은 이슬람교, 초록은 이슬람교의 성스러운 색, 빨강은 자유를 위해 흘린 피와 애국심을 뜻해요.

인구 52만 명

면적 300㎢

언어 몰디비안 디베히어

화창한 여름날의 몰디브 해변 풍경

몽골 수도 : 울란바토르

국기 파랑과 빨강은 대지의 승리, 왼쪽의 문양은 번영·부활·정직·경계심·단결을 뜻해요.

인구 347만 명

면적 1,564,120㎢

언어 몽골어

우럽에 걸쳐 대제국을 건설한 칭기즈 칸 동상

미얀마 수도 : 네피도

국기 노랑은 결속, 초록은 평화, 빨강은 용기, 하얀 별은 연방의 영원함을 상징해요.

인구 5,450만 명

면적 676,590㎢

언어 미얀마어

옛 수도 양곤의 북쪽 언덕에 있는 거대한 불탑으로, 탑 외벽이 모두 황금인 쉐다곤 파고다

바레인 수도 : 마나마

국기 빨강은 피와 자유, 하양은 순결·평화·강한 정신, 5개의 흰 톱니는 이슬람교의 5개 기둥을 뜻해요.

인구 160만 명

면적 778㎢

언어 아랍어, 영어

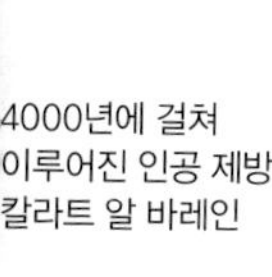

4000년에 걸쳐 이루어진 인공 제방 칼라트 알 바레인

방글라데시 수도 : 다카

국기 이슬람교의 성스러운 색인 초록은 농업의 발전을, 빨강은 독립 투쟁에 흘린 피와 태양을 뜻해요. 원은 깃대 쪽으로 가깝게 도안하였어요.

인구 1억 7,356만 명

면적 147,630㎢

언어 벵골어

수도 다카에 있는 무굴 제국 시대의 요새 랄바그

베트남 수도 : 하노이

국기 빨강은 혁명으로 흘린 피를, 노란 별은 노동자·농민·지식인·청년·군대의 단결을 나타내요.

인구 1억 98만 명 면적 331,230㎢ 언어 베트남어

아름다운 란하 베이

부탄 수도 : 팀푸

국기 용은 왕가, 왼쪽 노랑은 국왕의 힘, 오른쪽 주황은 라마교 신앙, 용의 하양은 청정, 결백을 뜻해요.

인구 79만 명

면적 38,394㎢

언어 종카어, 영어

파로 계곡 절벽에 달라붙어 있는 탁상 사원

북한 수도 : 평양

국기 빨강은 공산주의, 파랑은 평화에 대한 희망, 빨간 별은 공산주의 사회의 건설을 뜻해요.

인구 2,649만 명 면적 120,540㎢ 언어 한국어

평양성 내성의 동문인 대동문

브루나이 수도 : 반다르스리브가완

국기 노랑은 국왕, 하양·검정은 대신, 깃발과 파라솔은 왕실의 상징, 위쪽의 글은 '신의 인도에 따라 늘 봉사', 아래쪽 글은 '부루나이 다루살람'으로 이 나라 국명, 초승달은 이슬람교를 상징해요.

인구 46만 명

면적 5,770㎢

언어 말레이어, 영어, 중국어

술탄 오마르 알리 사이후딩 사원

사우디아라비아 수도 : 리야드

국기 초록은 이슬람교의 성스러운 색, 글씨는 '알라 외의 신은 존재하지 않는다.'는 코란 구절, 칼은 성지를 지킨다는 뜻이에요.

인구 3,396만 명

면적 2,149,690㎢

언어 아랍어

메카의 대 모스크 전경

스리랑카 수도 : 콜롬보

국기 칼을 들고 있는 사자는 스리랑카의 상징, 네 귀퉁이의 보리수 잎은 불교, 초록과 주황은 이슬람교도와 힌두교도를 뜻해요.

인구 2,310만 명

면적 65,610㎢

언어 신할리어, 타밀어, 영어

천 년 전 벽화가 남아 있는 180미터의 화강암 바위 시기리야

시리아 수도 : 다마스쿠스

국기 빨강은 칼, 하양은 선의, 검정은 전쟁, 초록 별은 아름다운 땅과 아랍의 일치를 뜻해요.

인구 2,467만 명

면적 185,180㎢

언어 아랍어

초기 이슬람 시대의 모스크인 우마이야 모스크

싱가포르 수도 : 싱가포르

국기 빨강은 우애와 평등, 하양은 순수, 5개의 별은 자유·평화·진보·평등·공정, 초승달은 이 다섯 가지 이상을 향해 나아감을 뜻해요.

인구 583만 명

면적 719㎢

언어 말레이어, 영어, 중국어

싱가포르의 상징 머라이언

아랍 에미리트 수도 : 아부다비

국기 빨강은 역사상 흘린 피, 초록은 풍요로운 국토, 하양은 청정한 생활, 검정은 전쟁을 나타내요.

인구 1,102만 명 **면적** 83,600㎢ **언어** 아랍어

야자나무 모양을 본뜬 인공 섬 팜 아일랜드

아르메니아 수도 : 예레반

국기 빨강·파랑·주황의 단순한 삼색 가로줄 모양. 빨강은 아르메니아 군인의 피, 파랑은 하늘, 주황은 토지와 농부를 나타내요.

인구 297만 명

면적 29,740㎢

언어 아르메니아어, 러시아어

국가가 공인하여 세운 세계 최초의 성당 에치미아진 대성당

아제르바이잔 수도 : 바쿠

국기 초승달과 별은 이슬람 국가, 파랑은 튀르키예 민족, 초록은 이슬람교, 빨강은 현대화와 진보를 나타내요.

인구 1,033만 명 **면적** 86,600㎢ **언어** 아제르바이잔어

유네스코 세계 문화유산으로 지정된 수도 바쿠에 있는 시르반 샤호프칸 궁전

아프가니스탄 수도 : 카불

국기 2개의 밀 이삭이 이슬람 사원을 둘러싸고 있고, 가운데에 '알라는 위대하다.'는 말이 쓰여 있어요.

인구 4,264만 명 **면적** 652,860㎢ **언어** 파슈토어, 다리어

반디 아미르강을 따라 띠처럼 이어진 천연 석회암 호수 반디 아미르 호수

예멘 수도 : 사나

국기 빨강은 독립을 위한 혁명, 하양은 평화와 희망, 검정은 식민지 시대의 억압 정치를 뜻해요.

인구 4,058만 명

면적 527,970㎢

언어 아랍어

알-살레 모스크

오만 수도 : 무스카트

국기 빨강은 외적으로부터의 수호, 하양은 평화, 초록은 번영을 뜻하는 농작물, 단검과 대검을 교차시킨 칼 문양은 술탄의 권위를 뜻해요.

인구 528만 명 면적 309,500㎢ 언어 아랍어

유네스코 세계 문화유산으로 지정된 고고학 유적지 바트의 돌을 쌓아 만든 무덤

요르단 수도 : 암만

국기 빨강은 대아랍 혁명, 검정·하양·초록은 역대 왕조, 하얀 별은 코란의 '알라 외의 신은 없다. 마호메트는 알라의 예언자'라는 내용이에요.

유명한 고고학 유적지 중 하나인 고대 상인 도시 페트라

인구 1,155만 명

면적 89,320㎢

언어 아랍어

우즈베키스탄 수도 : 타슈켄트

국기 초승달과 별은 고유의 전통과 문화, 파랑은 밤과 물, 빨강은 생명력, 하양은 평화, 초록은 자연을 뜻해요.

인구 3,636만 명 **면적** 447,400㎢ **언어** 우즈베크어

구도시 이찬 칼라

이라크 수도 : 바그다드

국기 빨강은 전쟁의 가혹함, 하양은 관용, 검정은 칼리프 시대의 영광, 글씨는 '신은 위대하다.'는 뜻이에요.

인구 4,604만 명 면적 435,052㎢ 언어 아랍어

고대 메소포타미아의 신전인 지구라트

이란 수도 : 테헤란

국기 초록은 이슬람교, 하양은 평화와 우정, 빨강은 애국심과 공화국 헌법을 나타내며, 가운데 문양은 국가를 상징하는 문장, 흰색 문양은 아랍어로 '알라'를 쓴 거예요.

인구 9,156만 명

면적 1,745,150㎢

언어 페르시아어

나시르 알 물크 모스크

이스라엘 수도 : 예루살렘

국기 파랑과 하양은 유대교 성직자의 어깨걸이 색깔이고, 중앙의 별은 유대인의 전통적 상징인 다윗 왕의 방패예요.

인구 938만 명

면적 22,070㎢

언어 히브리어, 아랍어

이스라엘과 요르단에 걸쳐 있는 사해

인도 수도 : 뉴델리

국기 주황색은 용기와 희생, 하양은 진리와 평화, 초록은 공평, 가운데의 '다르마 차크라' 문양은 법의 바퀴를 뜻해요.

인구 14억 5,093만 명

면적 3,287,259㎢

언어 힌디어, 영어

최고의 완벽미를 갖춘 건축물로, 세계 7대 불가사의의 하나인 이슬람 묘당 타지마할

인도네시아 수도 : 자카르타

국기 빨강은 자유와 용기, 하양은 정의와 순결을 의미. 가로 세로 비율만 다를 뿐 모나코 국기와 모양이 같아요.

인구 2억 8,348만 명

면적 1,913,580㎢

언어 인도네시아어

발리 전통 의상을 입은 여인과 아이들이 제물을 가지고 힌두교 사원으로 가는 모습

일본 수도 : 도쿄

국기 '일장기'라고 해요. 태양을 본뜬 둥근 모양은 태양 신앙과 '해가 돋는 나라'라는 선민 의식을 나타내요.

인구 1억 2,375만 명

면적 377,970㎢

언어 일본어

오사카성의 천수각

조지아 수도 : 트빌리시

국기 흰색 바탕에 빨간색 성 게오르그 십자가와 4개의 예루살렘 십자가가 그려져 있어요.

인구 380만 명

면적 69,700㎢

언어 조지아어

나리카라 요새

중국 수도 : 베이징

국기 '오성홍기'예요. 큰 별은 중국 공산당, 작은 별은 노동자·농민·지식 계급·애국적 자본가를 뜻해요.

인구 14억 1,932만 명 **면적** 9,610,400㎢ **언어** 중국어

만리장성

카자흐스탄 수도 : 누르술탄

국기 하늘색은 파란 하늘과 미래의 희망을 뜻해요. 깃대 쪽에는 민족 전통 무늬가 그려져 있어요.

인구 2,059만 명 면적 2,724,920㎢ 언어 카자흐어, 러시아어

수피교의 종교 지도자 아흐메드 야사위의 영묘

카타르 수도 : 도하

국기 흰색은 평화, 고동색은 전쟁 때 흘린 피, 9개의 하얀 톱니는 9개의 토후국을 뜻해요.

인구 304만 명 면적 11,610㎢ 언어 아랍어

수도 도하의 아름다운 야경

캄보디아 수도 : 프놈펜

국기 국기 중앙의 3개의 탑은 세계적 문화유산인 앙코르 와트 사원이며, 파랑은 행복, 하양은 불교, 빨강은 용기를 뜻해요.

인구 1,763만 명

면적 181,040㎢

언어 크메르어

시엠립 앙코르 와트의 바욘 사원

쿠웨이트 수도 : 쿠웨이트

국기 초록은 하티마 왕조, 검정은 압바스 왕조, 하양은 4대 칼리프 시대, 빨강은 아랍 사회의 혈연을 뜻해요.

인구 493만 명 면적 17,820㎢ 언어 아랍어

수도 쿠웨이트 전경

키르기스스탄 수도 : 비슈케크

국기 햇살이 40개인 태양 안에 유목민인 키르기스인의 이동식 천막인 '유르트'가 그려져 있어요.

인구 718만 명

면적 199,950㎢

언어 키르기스어, 러시아어

촐폰아타강의 선상지에 집중적으로 분포되어 있는 고대 암각화

타이(태국) 수도 : 끄룽 텝 마하 나콘(방콕)

국기 '트라이롱'이나 '통 찻'이라고 불러요. 빨강은 국가와 국민, 하양은 불교, 파랑은 짜끄리 왕조를 나타내요.

인구 7,166만 명

면적 513,120㎢

언어 타이어

왓 프라시산펫 사원

타이완(대만) 수도 : 타이베이

국기 '청천백일기'라고 불러요. 파랑은 순수와 자유, 하양은 정직과 평등, 빨강은 혁명에 흘린 피를 뜻해요.

인구 2,321만 명

면적 35,960㎢

언어 북경어, 타이완어

타이베이 시내 모습

아시아

타지키스탄 수도 : 두샨베

국기 빨강은 노동자, 하양은 지식인, 초록은 농민, 왕관과 별은 국민의 단결을 뜻해요.

인구 1,059만 명 면적 141,380㎢ 언어 타지크어, 튀르키예어

유네스코 세계 문화유산으로 지정된 고고학 유적지 사라즘

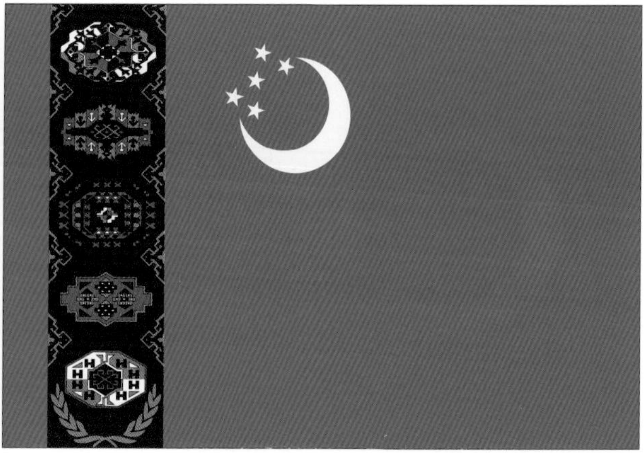

투르크메니스탄 수도 : 아슈하바트

국기 왼쪽 무늬는 투르크메니스탄의 전통 문양으로 이 나라의 대표적인 다섯 부족을 상징하며, 초승달과 별은 이슬람 국가를 뜻해요.

인구 749만 명

면적 488,100㎢

언어 투르크멘어

세계에서 가장 큰 모래사막인 카라쿰 사막

튀르키예 수도 : 앙카라

국기 '달과 별'이라는 뜻의 '아이 일디즈'라고 불러요. 진보와 국민의 일치, 독립이라는 의미가 담겨 있어요.

인구 8,747만 명

면적 785,350㎢

언어 튀르키예어

세계에서 가장 아름다운 모스크인 술탄 아흐메트 모스크

파키스탄 수도 : 이슬라마바드

국기 하양은 평화, 초록은 이슬람교의 성스러운 색으로 번영, 초승달은 발전, 별은 광명과 지식을 뜻해요.

인구 2억 5,126만 명

면적 796,100㎢

언어 우르두어, 영어

사치스러운 궁전과 모스크들이 있는 라호르성

필리핀 수도 : 마닐라

국기 세 가지 색은 용기·평등·평화, 태양은 자유, 태양 둘레의 빛 줄기는 최초로 에스파냐에 반란을 일으켰던 여덟 도시, 3개의 별은 루손섬, 민다나오섬, 비사야 제도를 나타내요.

인구 1억 1,584만 명

면적 300,000㎢

언어 타갈로그어, 영어

루손섬 이푸가오주의 계단식 논

우주인이 태극기를 잃어버렸어요.
미로를 탈출하여 태극기를 찾아 주세요.

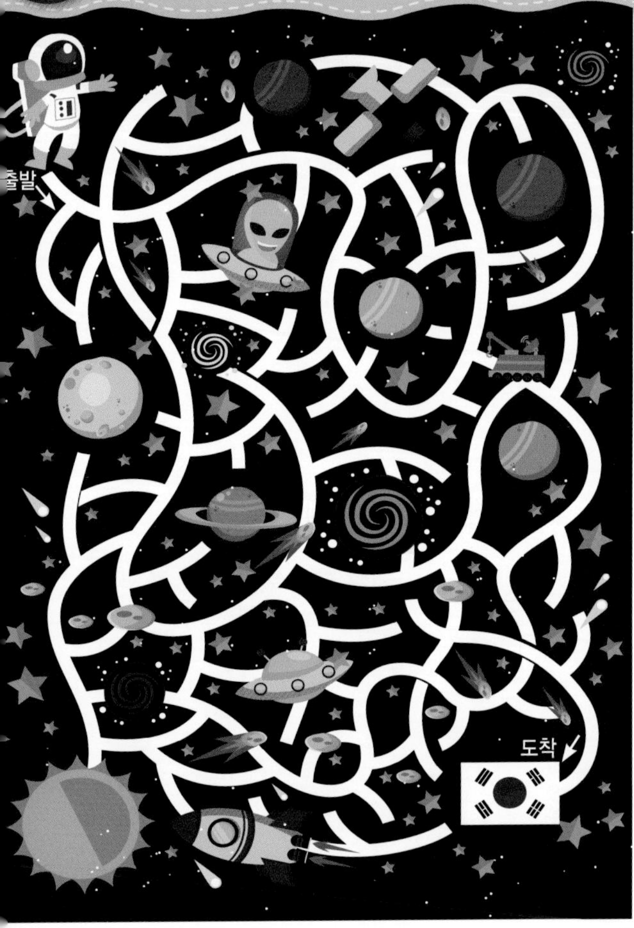

출발

도착

오세아니아

마리아나 제도
사이판섬(미)
괌섬(미)
미크로네시아
팔라우
미크로네시
뉴기니섬
파푸아뉴기니
크리스마스섬(오)
코코스 제도(오)
오스트레일리아
태즈메이니아섬

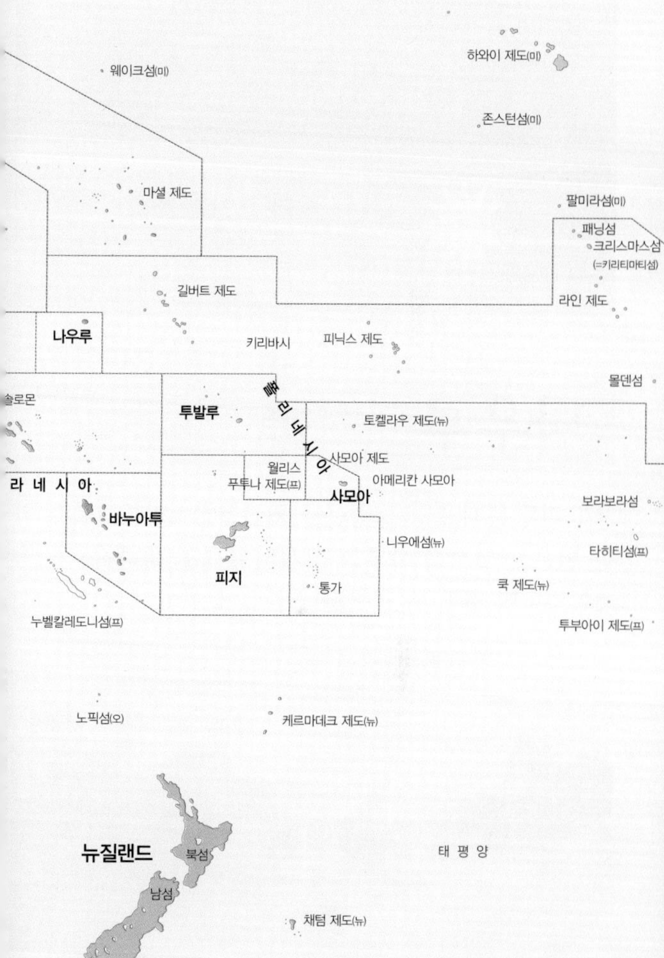

미드웨이 제도(미)
하와이 제도(미)
웨이크섬(미)
존스턴섬(미)
마셜 제도
팔미라섬(미)
패닝섬
크리스마스섬
(=키리티마티섬)
길버트 제도
라인 제도
나우루
키리바시
피닉스 제도
몰덴섬
솔로몬
폴리네시아
투발루
토켈라우 제도(뉴)
사모아 제도
월리스
푸투나 제도(프)
아메리칸 사모아
라네시아
사모아
보라보라섬
바누아투
니우에섬(뉴)
타히티섬(프)
피지
쿡 제도(뉴)
통가
누벨칼레도니섬(프)
투부아이 제도(프)
노픽섬(오)
케르마데크 제도(뉴)
뉴질랜드
북섬
태 평 양
남섬
채텀 제도(뉴)

오세아니아

나우루 수도 : 야렌

국기 파랑은 태평양, 노랑은 적도, 12개의 빛줄기를 발하는 별은 나우루를 이루는 12개의 부족을 뜻해요.

인구 1만 명 면적 20㎢ 언어 나우루어, 영어

세계에서 세 번째로 작은 섬나라 나우루의 아름다운 산호 암석

뉴질랜드 수도 : 웰링턴

국기 유니언 잭은 영국 연방의 일원임을 뜻해요. 빨간 별 4개는 남십자성, 진한 파랑은 남태평양을 나타내요.

인구 521만 명 면적 267,710㎢ 언어 영어, 마오리어

이산화탄소 거품이 계속 올라와 '샴페인 호수'라 불리는 와이오타푸

오세아니아

마셜 제도 수도 : 마주로

국기 파랑은 태평양, 하양은 평화, 주황은 용기, 하얀 별은 자치제, 네 줄기 긴 빛은 십자가를 뜻해요.

인구 6만 명 면적 180㎢ 언어 영어, 마셜어

수도 마주로의 해변가 모습

미크로네시아 수도 : 팔리키르

국기 파랑은 남태평양, 별은 남십자성, 또는 이 나라의 주요 4개 섬을 뜻해요.

인구 11만 명 면적 700㎢ 언어 영어, 미크로네시아어

미크로네시아 연방을 구성하는 4개의 섬 중 하나인 야프섬의 주도 콜로니아 전경

오세아니아

바누아투 수도 : 빌라

국기 빨강은 용기, 검정은 국민, 초록은 국토, 노랑은 태양과 그리스도교, 왼쪽 문양은 단결을 뜻해요.

인구 32만 명

면적 12,190㎢

언어 영어, 프랑스어

수도 포트빌라의 푸른 호수

사모아 수도 : 아피아

국기 빨강은 용기, 파랑은 자유, 하양은 순수성을 나타내요. 별은 남반구를 상징하는 남십자성이에요.

인구 21만 명 **면적** 2,840㎢ **언어** 사모아어, 영어

남태평양에서 가장 큰 천연 수영장인 토수아 오션 트렌치

솔로몬 제도 수도 : 호니아라

국기 파랑은 남태평양, 연두색은 풍요로운 땅, 노랑은 태양, 흰 별은 남십자성을 뜻해요.

인구 81만 명 면적 28,900㎢ 언어 영어

솔로몬 제도의 수도 호니아라

오스트레일리아 수도 : 캔버라

국기 큰 별은 6개 주와 태즈메이니아 섬을, 5개 별은 남십자성, 유니언 잭은 영국 연방의 일원임을 뜻해요.

인구 2,671만 명 **면적** 7,741,220㎢ **언어** 영어

붉은 빛깔을 띠는 거대한 한 장의 모래 바위 울루루 암석

오세아니아

키리바시 수도 : 타라와

국기 파도 위에 태양이 떠오르고 그 위로 군함새가 나는 모습은 이 나라가 태평양의 해양 국가임을 뜻해요.

인구 13만 명 **면적** 810㎢ **언어** 영어

타부아에란섬의 전통 가옥

오세아니아

통가 수도 : 누쿠알로파

국기 십자가는 그리스도교 국가임을 나타내요. 빨강은 성스러운 피, 하양은 순결을 뜻해요.

인구 10만 명 **면적** 750㎢ **언어** 통가어, 영어

200년경에 만들어진 거대한 스톤헨지

투발루 수도 : 푸나푸티

국기 하늘색은 태평양, 9개의 노란 별은 투발루를 이루는 9개의 섬, 유니언 잭은 영국 연방임을 나타내요.

인구 1만 명 면적 30㎢ 언어 투발루어, 영어

투발루에서 가장 높은 건물인 3층짜리 정부 종합 청사

파푸아뉴기니 수도 : 포트모르즈비

국기 빨강은 태양, 검정은 멜라네시아, 5개의 별은 남십자성, 새는 이 나라의 국조인 극락조예요.

인구 1,057만 명

면적 462,840㎢

언어 피지어, 영어

얼굴에 분장을 하고 축제에 참가한 원주민

팔라우 수도 : 응게룰무드

국기 달을 뜻하는 노란색 원은 국가의 결속과 운명, 하늘색은 독립을 뜻해요.

인구 2만 명 면적 460㎢ 언어 영어, 팔라우어

코로르주 록아일랜드 남부의 석호

피지 수도 : 수바

국기 영국 연방임을 나타내는 유니언 잭과 카카오를 든 사자 등이 그려진 방패 모양의 문장이 들어 있어요.

인구 92만 명 면적 18,270㎢ 언어 영어, 피지어, 힌두어

아름다운 티부아섬

유럽

노르웨이해

페로스 제도(덴)
셰틀랜드 제도(영)
오크니 제도(영)
노르웨이
스웨
북해
덴마크
맨섬
아일랜드
영국
네덜란드
독일
벨기에
룩셈부르크
체코
건지섬(영)
채널 제도
저지섬(영)
리히텐슈타인
슬로바
오스트리아
프랑스
스위스
슬로베니아
비스케이만
이탈리아
모나코
안도라
아드리아해
산마리노
코르시카섬(프)
포르투갈
에스파냐
(스페인)
바티칸 시
사르데냐섬(이)
티레니아해
발레아레스 제도
(에스파냐)
지 중 해
시칠리아섬
지브롤터(영)
몰타

바렌츠해
핀란드
러 시 아
핀란드만
에스토니아
라트비아
니아
러시아 연방
벨라루스
우크라이나
몰도바
마니아
불가리아
흑해
카스피해
게해
사이프러스

유럽

그리스 수도 : 아테네

국기 파랑은 에게해와 하늘, 하양은 평화, 십자가는 그리스 정교를 나타내요.

인구 1,004만 명

면적 131,960㎢

언어 그리스어

아테네의 아크로폴리스에 있는 파르테논 신전

네덜란드 수도 : 암스테르담

국기 빨강은 용기, 하양은 신앙심, 파랑은 조국에 대한 변함 없는 충성심을 나타내요.

인구 1,822만 명

면적 41,540㎢

언어 네덜란드어

튤립과 풍차로 유명한 아름다운 마을 잔세스칸스

유럽

노르웨이 수도 : 오슬로

국기 덴마크 국기에 파란 십자가를 덧붙였어요. 파랑·하양·빨강은 자유를 나타내요.

인구 557만 명

면적 323,790㎢

언어 노르웨이어

300여 년 역사의 오슬로 대성당

유럽

덴마크 수도 : 코펜하겐

국기 '덴마크의 힘'이라는 뜻이 담긴 '단네브로'라고 불러요. 세계에서 가장 오래된 국기예요.

인구 597만 명

면적 42,920㎢

언어 덴마크어

코펜하겐의 인어 공주 동상

독일 수도 : 베를린

국기 검정은 근면과 힘을, 빨강은 끓는 피를, 노랑은 명예를 나타내요.

인구 8,455만 명

면적 357,580㎢

언어 독일어

브란덴부르크 문

라트비아 수도 : 리가

국기 밤색은 국가를 지키려는 단호한 결의, 하양은 자유로운 시민의 성실함을 뜻해요.

인구 187만 명 **면적** 64,490㎢ **언어** 라트비아어

검은머리전당과 성 베드로 성당이 있는 수도 리가의 구시가지 광장

유럽

러시아 수도 : 모스크바

국기 하양은 숭고성과 평화 애호, 파랑은 충성심과 결백, 빨강은 용기와 황제의 권력을 나타내요.

인구 1억 4,482만 명

면적 17,098,250㎢

언어 러시아어

모스크바 붉은 광장 남쪽에 있는 성 바실리 대성당

유럽

루마니아 수도 : 부쿠레슈티

국기 파랑은 자유, 노랑은 풍요, 빨강은 국가를 위해 희생한 애국자들의 피를 뜻해요.

인구 1,901만 명

면적 238,400㎢

언어 루마니아어, 헝가리어

시나이아에 있는 왕가의 여름 별궁인 펠레슈성

룩셈부르크 수도 : 룩셈부르크

국기 네덜란드 국기와 비슷하지만, 네덜란드 국기보다 파랑이 좀 더 연하고 가로 폭이 더 길어요.

인구 67만 명

면적 2,590㎢

언어 룩셈부르크어, 프랑스어, 독일어

구시가지 그룬트에 있는 노이뮌스터 수도원

유럽

리투아니아 수도 : 빌뉴스

국기 노랑은 태양과 행복, 초록은 자연과 희망, 빨강은 활력과 독립을 위해 흘린 피를 뜻해요.

인구 285만 명 **면적** 65,286㎢ **언어** 리투아니아어

리투아니아와 러시아에 걸쳐져 있는 크로니안 모래톱

유럽

리히텐슈타인 수도 : 파두츠

국기 파랑은 하늘, 빨강은 불, 금색 왕관은 국민과 국가와 왕실이 정신적으로 단합되는 것을 뜻해요.

인구 4만 명 면적 160㎢ 언어 독일어

왕자의 궁전인 파두츠성

유럽

모나코 수도 : 모나코

국기 빨강과 하양은 10세기에 이 지역에 들어온 제노바의 그리말디 왕가의 전통 색이에요.

인구 4만 명

면적 1.95㎢

언어 프랑스어

지중해 연안의 아름다운 몬테카를로 항구

유럽

몬테네그로 수도 : 포드고리차

국기 독수리 문장과 독수리의 가슴에 있는 사자 문장은 독립과 독립 국가로서의 부활을 뜻해요.

인구 63만 명 면적 13,810㎢ 언어 세르비아어

유네스코 세계 문화유산으로 지정된 아드리아해 연안의 아름다운 해안 도시 코토르

유럽

몰도바 수도 : 키시너우

국기 독수리는 옛 루마니아 문장에서 유래하였으며, 황소 머리는 베사라비아 지방을 나타내요.

인구 303만 명

면적 33,850㎢

언어 루마니아어

수도 키시너우 전경

유럽

몰타 수도 : 발레타

국기 빨강은 몰타인의 정열, 하양은 순수와 정의, 평화를 나타내요.

인구 53만 명

면적 320㎢

언어 영어, 몰타어

세계에서 가장 좋은 조건을 갖춘 천연 항구 도시 발레타

바티칸 시국 수도 : 바티칸시티

국기 '교황기'이기도 해요. 교황의 관과 '베드로의 열쇠'라는 천국의 열쇠 2개가 엇갈려 있어요.

인구 498명

면적 0.44㎢

언어 이탈리아어

성 베드로 광장을 중심으로 본 바티칸 전경

벨기에 수도 : 브뤼셀

국기 검정은 힘, 노랑은 원숙함, 빨강은 승리를 뜻해요.

인구 1,173만 명

면적 30,530㎢

언어 프랑스어, 네덜란드어, 독일어

브뤼셀 도심의 아름다운 광장

유럽

벨라루스 수도 : 민스크

국기 왼쪽 문양은 문화적 유산의 계승, 빨강은 과거의 영광, 초록은 희망·부흥·산림을 뜻해요.

인구 905만 명 **면적** 207,600㎢ **언어** 벨라루스어, 러시아어

수도 민스크의 여름 풍경

유럽

보스니아 헤르체고비나 수도 : 사라예보

국기 파랑과 노랑은 보스니아와 헤르체고비나의 연합을, 별들은 유럽을 뜻해요.

인구 316만 명 면적 51,210㎢ 언어 세르보크로아티아어

1566년에 건설된 모스타르 옛 시가지의 아치형 석조 다리

유럽

북마케도니아 수도 : 스코페

국기 금색 태양은 알렉산더 대왕의 아버지인 필립 2세의 황금관 문양에서 따왔어요.

인구 182만 명 면적 25,710㎢ 언어 마케도니아어

고대 도시 유적지 헤라클레아의 원형 극장

유럽

불가리아 수도 : 소피아

국기 하양은 애국심·순결·평화, 초록은 농업과 풍요로움, 빨강은 슬라브 민족을 뜻해요.

인구 675만 명

면적 111,000㎢

언어 불가리아어

전통 의상을 입은 소녀들

사이프러스 수도 : 니코시아

국기 금색 사이프러스 지도는 구리, 올리브 잎은 그리스·튀르키예 간의 평화에 대한 희망을 나타내요.

인구 135만 명

면적 9,251㎢

언어 그리스어, 튀르키예어, 영어

파포스 해변의 아프로디테 바위

유럽

산마리노 수도 : 산마리노

국기 하양은 순수함, 파랑은 티타노 산을 덮은 하늘과 아드리아해를 뜻해요.

인구 3만 명

면적 60㎢

언어 이탈리아어

과이타 요새

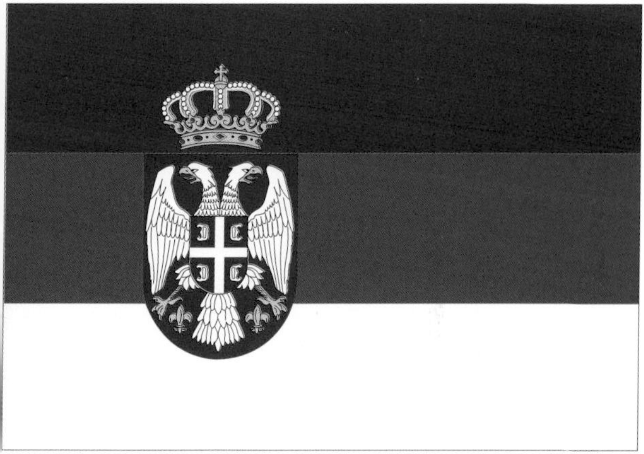

세르비아 수도 : 베오그라드

국기 빨강은 혁명과 민족의 피, 파랑은 하늘, 하양은 빛을 나타내요.

인구 673만 명

면적 88,360㎢

언어 세르비아어

사바강 유역에 있는 베오그라드 중심부 모습

스웨덴 수도 : 스톡홀름

국기 1157년 국왕 에리크가 핀란드 공격을 앞두고 파란 하늘에서 금빛 십자가를 보았다는 전설에서 유래해요.

인구 1,060만 명

면적 447,430㎢

언어 스웨덴어

현재 왕실의 주거지인 드로트닝홀름 궁전

유럽

스위스 수도 : 베른

국기 합스부르크가에 대항할 때 빨간 바탕에 하얀 십자가 기를 사용한 데서 유래해요.

인구 892만 명

면적 41,290㎢

언어 독일어, 프랑스어, 이탈리아어, 로망슈어

스위스 최대의 관광 휴양지인 루체른

슬로바키아 수도 : 브라티슬라바

국기 하양, 파랑, 빨강의 가로줄 삼색기로 왼쪽의 방패 모양 문양은 국장이에요.

인구 550만 명

면적 49,030㎢

언어 슬로바키아어

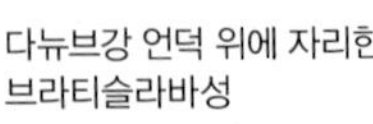

다뉴브강 언덕 위에 자리한 브라티슬라바성

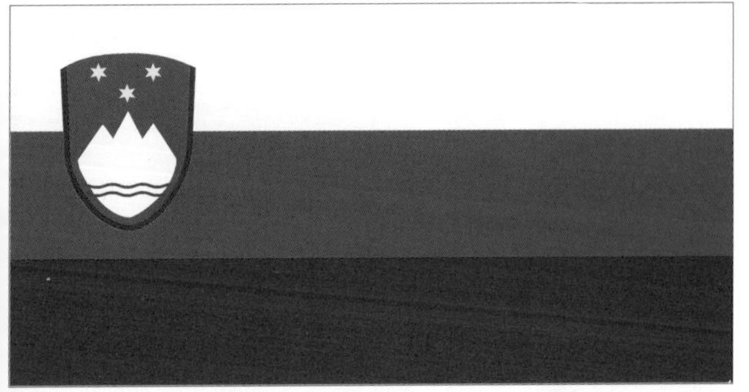

슬로베니아 수도 : 류블랴나

국기 삼색 줄과 왼쪽의 흰 산은 남알프스의 최고봉을, 2개의 파란 물결선은 바다와 강을 뜻해요.

인구 211만 명 면적 20,675㎢ 언어 슬로베니아어

길이가 24킬로미터나 되는 거대한 석회 동굴 포스토이나

아이슬란드 수도 : 레이캬비크

국기 파랑은 하늘, 하양은 빙하, 십자는 그리스도교 국가임을 나타내요.

인구 39만 명

면적 103,000㎢

언어 아이슬란드어

피부 건선 치료에 좋은 블루라군 야외 온천

유럽

아일랜드 수도 : 더블린

국기 초록은 아일랜드와 가톨릭, 주황은 기독교, 하양은 이 둘의 결합과 우애를 뜻해요.

인구 525만 명 면적 70,280㎢ 언어 게일어, 영어

인파로 북적이는 더블린의 유명 술집 앞

안도라 수도 : 안도라라베야

국기 가운데 국장은 프랑스와 에스파냐를 나타내요. 쓰여 있는 글귀는 '결합한 덕행은 더욱 강력하다.'는 뜻의 라틴어예요.

인구 9만 명

면적 470㎢

언어 카탈루냐어, 에스파냐어, 프랑스어

수도 안도라라베야 모습

알바니아 수도 : 티라나

국기 2개의 독수리 머리는 알바니아가 동양과 서양 사이에 위치하고 있음을 뜻해요.

인구 279만 명

면적 28,750㎢

언어 알바니아어, 그리스어

티라나에 있는 스캔더베그 광장 주변

유럽

에스토니아 수도 : 탈린

국기 파랑은 하늘·희망·우정·단결, 검정은 대지와 힘든 역사를 잊지 않겠다는 각오, 하양은 눈과 밝은 미래에 대한 희망을 담고 있어요.

인구 136만 명

면적 45,340㎢

언어 에스토니아어

아름다운 항구 도시 탈린

에스파냐(스페인) 수도 : 마드리드

국기 노랑은 국토, 빨강은 국토를 지킨 피를 뜻해요. 문장은 옛 에스파냐의 5왕국 문장을 합친 거예요.

인구 4,791만 명

면적 505,935㎢

언어 에스파냐어

가우디가 설계한 성당인 사그라다 파밀리아

유럽

영국 수도 : 런던

국기 '유니언 잭'이라 불러요. 잉글랜드·스코틀랜드·아일랜드 세 나라의 기를 합쳐서 만들었어요.

인구 6,913만 명 면적 243,610㎢ 언어 영어

영국 여왕이 살고 있는 버킹엄 궁전

유럽

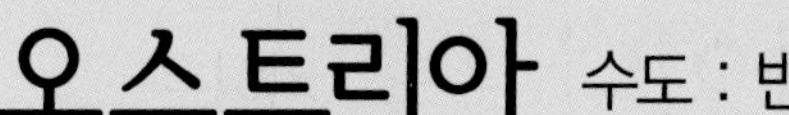

오스트리아 수도 : 빈

국기 십자군 원정 때 레오폴드 5세의 흰 군복이 허리띠를 빼고 피로 빨갛게 물들었다는 이야기에서 유래해요.

인구 912만 명

면적 83,879㎢

언어 독일어

잘츠부르크의 상징인 호헨잘츠부르크성

우크라이나 수도 : 키이우

국기 파랑과 노랑으로 나누어진 단순한 모양이며, 파랑은 하늘, 노랑은 밀을 나타내요.

인구 3,786만 명

면적 603,550㎢

언어 우크라이나어

성 소피아 대성당

유럽

이탈리아 수도 : 로마

국기 초록은 자유, 하양은 평등, 빨강은 박애를 나타내요.

인구 5,934만 명 면적 301,340㎢ 언어 이탈리아어

로마에 있는 플라비우스 원형 경기장

유럽

체코 수도 : 프라하

국기 빨강은 보헤미아, 하양은 모라비아, 파랑은 아름다운 카르파티아산맥을 나타내요.

인구 1,073만 명 **면적** 78,870㎢ **언어** 체코어

유럽에서 가장 큰 성으로 꼽히는 프라하성

유럽

크로아티아 수도 : 자그레브

국기 가로 3색은 크로아티아인들의 영토적 단합, 작은 방패 문양은 5개의 지방 문장, 체크무늬는 25개 구역을 상징해요.

인구 387만 명

면적 56,590㎢

언어 크로아티아어

프리트비체 호수 국립 공원

유럽

포르투갈 수도 : 리스본

국기 초록은 희망, 빨강은 혁명에서 흘린 피, 둥근 문양은 항해술과 포르투갈이 발견한 해외 항로를 뜻해요.

화창한 오후의 수도 리스본 풍경

인구 1,060만 명

면적 92,225㎢

언어 포르투갈어

유럽

폴란드 수도 : 바르샤바

국기 1831년 11월 혁명으로 폴란드를 상징하는 색이 된 하양은 환희, 빨강은 독립을 뜻해요.

인구 3,853만 명

면적 312,680㎢

언어 폴란드어

독일인이 세운 아우슈비츠 강제 수용소 본부

유럽

프랑스 수도 : 파리

국기 '삼색기'라고 불러요. 파랑은 자유, 하양은 평등, 빨강은 박애를 뜻해요.

인구 6,654만 명

면적 549,087㎢

언어 프랑스어

파리를 상징하는 에펠탑

핀란드 수도 : 헬싱키

국기 파랑은 호수, 하양은 눈, 십자가 모양은 기독교와 북유럽 국가의 일원임을 뜻해요.

인구 561만 명

면적 338,450㎢

언어 핀란드어, 스웨덴어

헬싱키의 구도심 부두 앞 풍경

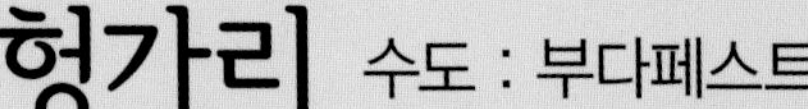

헝가리 수도 : 부다페스트

국기 빨강은 혁명과 피, 하양은 평화와 순결, 초록은 희망을 상징해요.

인구 967만 명 **면적** 93,030㎢ **언어** 헝가리어

부다페스트의 푸른 하늘과 잘 어우러진 도나우 강가의 헝가리 의회 건물

잠깐 쉬어요!

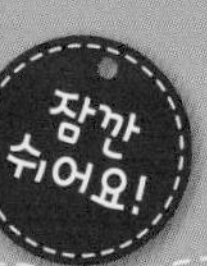

어느 나라 국기인지 미로를 탈출하여 네모 안에 나라 이름을 써 보세요.

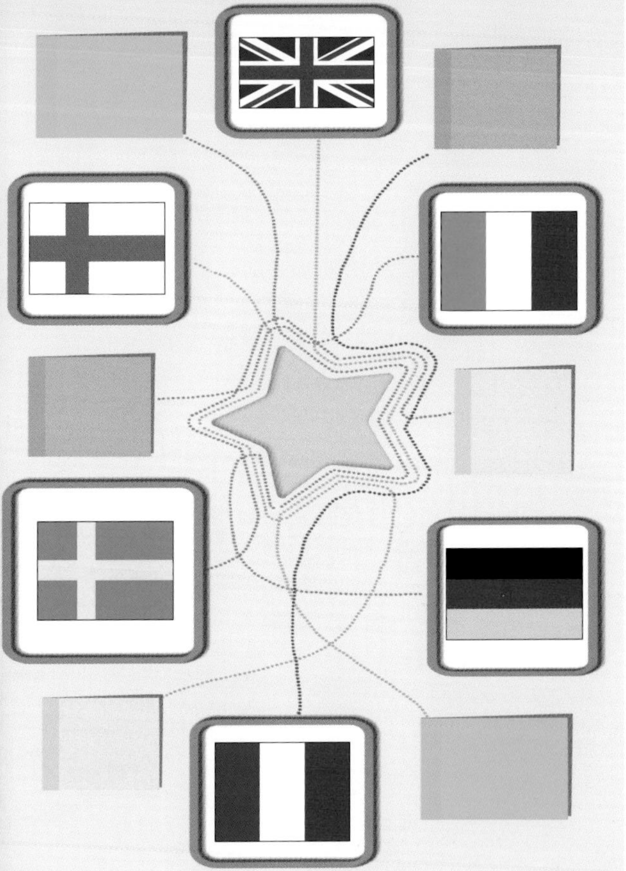

북아메리카

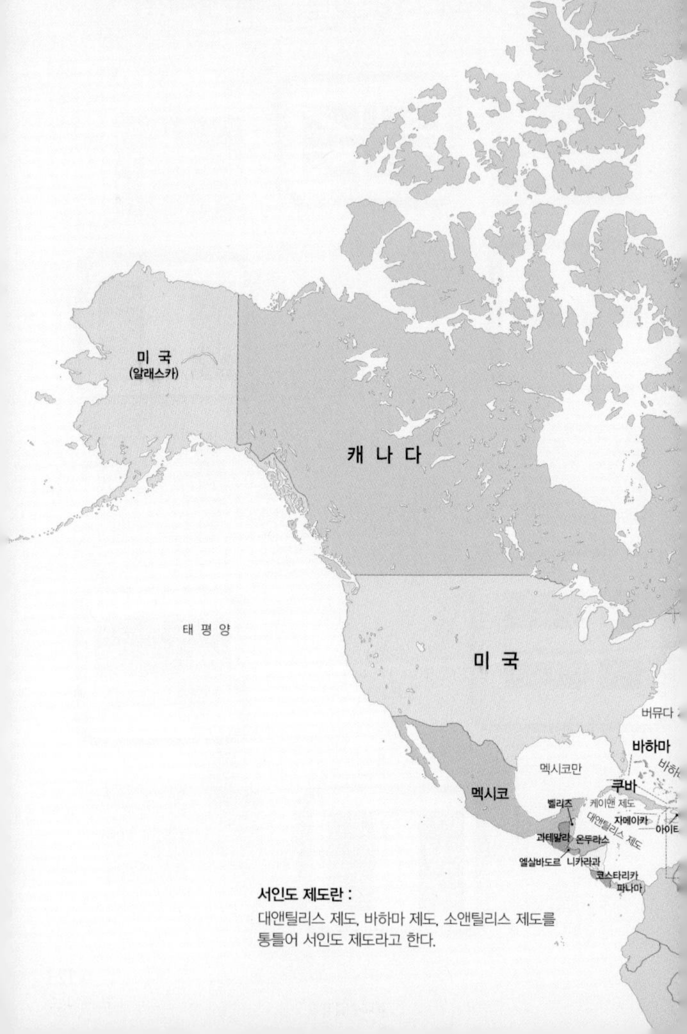

미 국
(알래스카)

캐 나 다

태 평 양

미 국

버뮤다

바하마

바하마

멕시코만

쿠바

멕시코

벨리즈

케이맨 제도

대앤틸리스 제도

자메이카

아이티

과테말라

온두라스

엘살바도르

니카라과

코스타리카

파나마

서인도 제도란 :

대앤틸리스 제도, 바하마 제도, 소앤틸리스 제도를 통틀어 서인도 제도라고 한다.

남아메리카

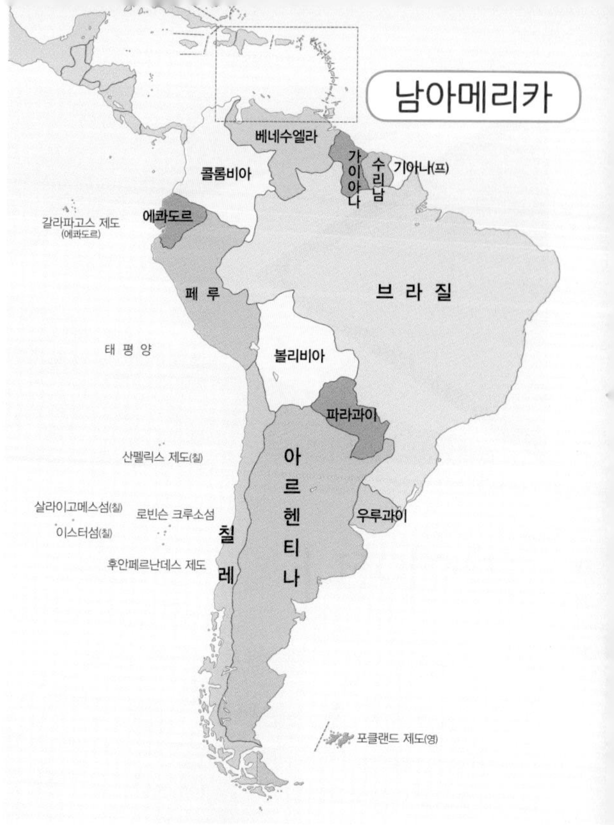

베네수엘라
가이아나
수리남
기아나(프)
콜롬비아
에콰도르
갈라파고스 제도
(에콰도르)
페 루
브 라 질
태 평 양
볼리비아
파라과이
산펠릭스 제도(칠)
아르헨티나
살라이고메스섬(칠)
로빈슨 크루소섬
이스터섬(칠)
칠레
우루과이
후안페르난데스 제도
포클랜드 제도(영)

서인도 제도
쿠바
히스파니올라섬
아네가다섬(영)
앵귈라(영)
소앤틸리스 제도
세인트 마틴
자메이카
아이티
도미니카 공화국
버진 제도 (영·미)
앤티가 바부다
푸에르토리코(미)
세인트키츠 네비스
몬트세랫(영)
과들루프섬(프)
대앤틸리스 제도
도미니카
카리브해
마르티니크섬(프)
카리브해 확대 지도
세인트빈센트 그레나딘
세인트루시아
아루바섬(네)
퀴라소섬(네)
바베이도스
그레나다
보네르섬(네)
토바고섬
베네수엘라
트리니다드 토바고

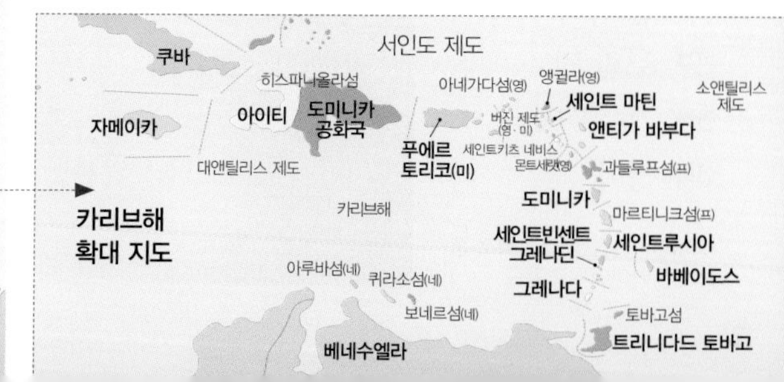

아메리카

가이아나 수도 : 조지타운

국기 초록은 농업, 하양은 강, 노랑은 광물, 검정은 인내, 빨간 삼각형은 건국의 열의를 나타내요.

인구 83만 명

면적 214,970㎢

언어 영어

세계에서 가장 강력한 폭포 중 하나인 카이에투르 폭포

과테말라 수도 : 과테말라시티

국기 파랑은 태평양과 대서양, 하양은 평화에 대한 염원을 뜻해요. 새는 자유를 상징하는 국조 케트살.

인구 1,840만 명

면적 108,890㎢

언어 에스파냐어

마야 문명의 최대 규모 도시였던 티칼 유적지

아메리카

그레나다 수도 : 세인트조지스

국기 빨강은 독립, 노랑은 부, 초록은 농업과 번영, 테두리의 별은 이 나라의 여섯 지역, 큰 별은 지역 간의 통일, 왼쪽 문양은 특산물인 대추야자를 뜻해요.

인구 11만 명

면적 340㎢

언어 영어

항구 도시인 수도 세인트조지스

니카라과 수도 : 마나과

국기 하양은 국토와 조국의 순수성, 파랑은 니카라과가 태평양과 카리브해에 둘러싸인 것을 나타내요.

인구 691만 명

면적 130,370㎢

언어 에스파냐어

여러 개의 분화구로 이루어진 활화산으로, 용암 끓는 소리가 나는 마사야 화산

아메리카

도미니카 공화국 수도 : 산토도밍고

국기 파랑은 신과 평화, 빨강은 조국을 위해 흘린 피, 하양은 자유와 희생, 하얀 십자가는 순결을 뜻해요.

인구 1,142만 명

면적 48,670㎢

언어 에스파냐어

산토도밍고에 있는 콜럼버스 동상

도미니카 연방 수도 : 로조

국기 초록은 국토, 3색의 십자가는 삼위일체, 노랑은 인디언 및 태양, 검정은 흑인, 별은 행정 구획 수를 나타내고, 앵무새는 국조예요.

인구 7만 명

면적 750㎢

언어 영어

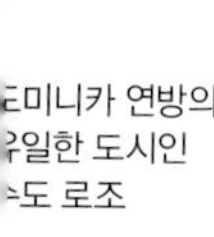

도미니카 연방의 유일한 도시인 수도 로조

아메리카

멕시코 수도 : 멕시코시티

국기 초록은 독립, 하양은 가톨릭 교회, 빨강은 백인·인디오·메스티소의 통합을 뜻해요.

인구 1억 3,086만 명 면적 1,964,375㎢ 언어 에스파냐어

멕시코 고원에 발달한 고대 아스테카 왕국의 유적

미국 수도 : 워싱턴 D. C.

아메리카

국기 '성조기'라고 불러요. 별은 미국의 50개 주, 13개 줄은 독립 당시의 13개 주를 나타내요.

인구 3억 4,542만 명 면적 9,831,510㎢ 언어 영어

워싱턴 D. C.에 있는 국회 의사당

바베이도스 수도 : 브리지타운

국기 파랑은 카리브해와 대서양, 노랑은 국토와 부를 뜻해요. 삼지창 문양은 바다의 신 넵투누스의 창에서 유래해요.

인구 28만 명

면적 431㎢

언어 영어

수도 브리지타운 근처의 해안가

바하마 수도 : 나소

국기 파랑은 카리브 해와 대서양, 노랑은 토지와 빛나는 태양, 검은 삼각형은 국민의 단결을 나타내요.

인구 40만 명

면적 13,800㎢

언어 영어

춤을 추며 행진하는 전통 문화 축제

베네수엘라 수도 : 카라카스

국기 노랑은 부와 고귀함, 파랑은 카리브해와 정의, 빨강은 독립 때 흘린 피와 명예, 8개의 별은 독립 선언에 참여한 일곱 개의 주와 독립 영웅 시몬 볼리바르를 나타내요.

인구 2,840만 명 **면적** 912,050㎢

언어 에스파냐어

세계에서 가장 높은 폭포인 앙헬 폭포

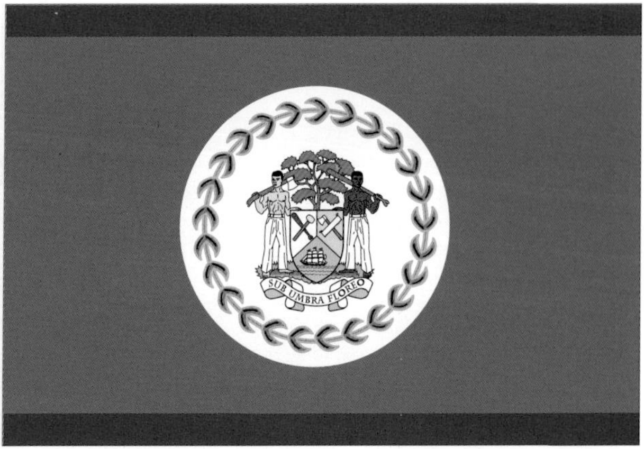

벨리즈 수도 : 벨모판

국기 파랑은 이웃 나라들과의 협조, 빨간 테두리는 국토와 독립을 지키려는 결의, 가운데 문양은 특산물인 마호가니나무와 나라의 특징을 상징하는 것들이에요.

인구 41만 명

면적 22,970㎢

언어 영어

북반구 최대의 산호초 보호국 벨리즈

볼리비아 수도 : 라파스

국기 빨강은 볼리비아의 동물과 용맹한 군인, 노랑은 광물 자원, 초록은 풍요로운 대지를 뜻해요.

인구 1,241만 명

면적 1,098,580㎢

언어 에스파냐어, 케추아어

에스파냐 식민지 시절의 건물이 잘 보전되어 있는 수크레

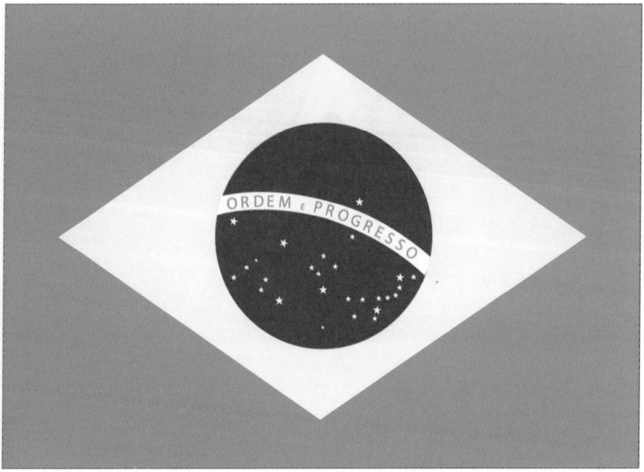

브라질 수도 : 브라질리아

국기 초록은 농업, 노랑은 광업, 파랑은 하늘, 중앙의 천체는 수도와 연방을 구성하는 주를 뜻해요.

인구 2억 1,199만 명

면적 8,515,770㎢

언어 포르투갈어

리우데자네이루 코르코바도산 정상에 있는 그리스도상

세인트루시아 수도 : 캐스트리스

아메리카

국기 파랑은 카리브해와 대서양, 검정과 하양은 흑인과 백인의 협력, 노랑은 나라의 발전을 뜻해요.

인구 18만 명 **면적** 620㎢ **언어** 영어

세계적인 관광지로 유람선 승객들에게 인기가 많은 아름다운 항구 도시 캐스트리스

세인트빈센트 그레나딘 수도 : 킹스타운

아메리카

국기 파랑은 하늘과 바다, 노랑은 부국의 실현과 태양, 초록은 발전된 농업과 국민의 생명력, 마름모꼴은 세 개의 주요 섬을 나타내요.

해양 국립 공원 토바고 케이

인구 10만 명

면적 390㎢

언어 영어

아메리카

세인트키츠 네비스 수도 : 바스테르

국기 하얀 별은 세인트키츠섬과 네비스섬, 초록은 농업, 노랑은 부와 태양, 검정은 국민, 빨강은 독립을 뜻해요.

인구 5만 명

면적 260㎢

언어 영어

크리스토퍼 항구의 고급 리조트와 멀리 네비스 피크 화산 모습

수리남 수도 : 파라마리보

국기 빨강은 독립과 애국심, 하양은 정의와 자유, 초록은 풍요한 국토와 농업, 별은 미래의 희망을 뜻해요.

인구 63만 명

면적 163,820㎢

언어 네덜란드어

수도 파라마리보의 역사 내부 도시

아르헨티나 수도 : 부에노스아이레스

아메리카

국기 위아래 하늘색은 하늘과 땅을 뜻해요. 태양은 잉카 문명의 상징인 '5월의 태양'이에요.

인구 4,569만 명 **면적** 2,780,400㎢ **언어** 에스파냐어

후후이주 오르노칼산맥의 우마우카 협곡

아이티 수도 : 포르토프랭스

아메리카

국기 야자나무 위의 '자유의 모자'와 '단결은 힘'이란 글이 상징하듯, 자유와 독립을 쟁취한 역사를 나타내요.

국립 역사 공원인 상수시 궁전

인구 1,177만 명

면적 27,750㎢

언어 프랑스어, 크레올어

앤티가 바부다 수도 : 세인트존스

국기 빨강은 독립과 희망, 파랑은 바다, 검정과 하양은 흑인과 백인, 태양은 자유로운 새 시대를 상징해요.

인구 10만 명 **면적** 440㎢ **언어** 영어

해질녘 세인트존스의 레드클리프 항구

에콰도르 수도 : 키토

국기 노랑은 부와 태양과 농장, 파랑은 하늘과 바다와 아마존강, 빨강은 독립 운동 때 흘린 피를 나타내요.

에콰도르 대성당에서 본 수도 키토 전경

인구 1,813만 명

면적 256,370㎢

언어 에스파냐어, 케추아어

아메리카

엘살바도르 수도 : 산살바도르

국기 파랑은 하늘과 태평양과 카리브해, 하양은 평화와 협력을 나타내요.

인구 633만 명 면적 21,040㎢ 언어 에스파냐어

마야 문명 유적 타수말

온두라스 수도 : 테구시갈파

국기 파랑은 태평양과 대서양, 하양은 평화, 5개의 별은 중앙아메리카 연방의 5개 나라를 나타내요.

인구 1,082만 명 **면적** 112,400㎢ **언어** 에스파냐어

유네스코 세계 문화유산으로 지정된 코판 마야 문명 유적지

우루과이 수도 : 몬테비데오

국기 파랑과 하양으로 이루어진 9개 줄은 독립 당시의 9개 지방, 하양은 평화, 파랑은 자유를 뜻해요.

인구 338만 명

면적 176,220㎢

언어 에스파냐어

세계 최남단 항구 도시로 남부 대서양 연안에 면한 휴양 도시 푼타델에스테 항구

자메이카 수도 : 킹스턴

아메리카

국기 초록은 농업과 희망, 검정은 고난을 이겨 내려는 의지, 노랑은 빛나는 태양과 번영을 뜻해요.

인구 283만 명 **면적** 10,990㎢ **언어** 영어

세인트주 오초 리오스 항구

칠레 수도 : 산티아고

국기 빨강은 독립을 위해 흘린 피, 파랑은 깨끗한 하늘, 하양은 안데스 산맥의 눈, 별은 통일을 뜻해요.

인구 1,976만 명

면적 756,700㎢

언어 에스파냐어

이스터섬의 석상 모아이

캐나다 수도 : 오타와

국기 단풍잎은 캐나다의 상징, 양쪽 빨강은 캐나다가 태평양과 대서양 사이에 있음을 나타내요.

인구 3,974만 명 면적 9,984,670㎢ 언어 영어, 프랑스어

캐나다 쪽 나이아가라 폭포

코스타리카 수도 : 산호세

국기 파랑은 아름다운 하늘, 하양은 평화, 빨강은 자유를 위해 흘린 피를 상징해요.

인구 512만 명

면적 51,100㎢

언어 에스파냐어

전통 의상을 입고 춤을 추는 무용수

콜롬비아 수도 : 보고타

아메리카

국기 노랑은 부·주권·정의, 파랑은 부귀·충성, 빨강은 용기·관용·희생을 통한 승리를 뜻해요.

인구 5,288만 명 **면적** 1,141,750㎢ **언어** 에스파냐어

볼리바르 광장의 성당과 국회 의사당

쿠바 수도 : 아바나

국기 파란 줄은 독립 운동 때의 3개 주, 하양은 독립 정신, 삼각형은 자유·평등·박애, 빨강은 피, 별은 미래를 뜻해요.

인구 1,097만 명 면적 109,880㎢ 언어 에스파냐어

수도 아바나 모습

트리니다드 토바고 수도 : 포트오브스페인

아메리카

국기 검정은 단결과 부유함, 빨강은 태양과 용기, 2줄의 흰 선은 인종 간의 평등을 뜻해요.

인구 150만 명 면적 5,130㎢ 언어 영어

매년 2월 수도에서 열리는 카니발

파나마 수도 : 파나마시티

국기 파랑은 보수당, 빨강은 자유당, 하양은 협력, 파란 별은 국민의 양심, 빨간 별은 국가의 권위를 뜻해요.

인구 451만 명 **면적** 75,420㎢ **언어** 에스파냐어

중앙아메리카 동남쪽에서 태평양과 대서양을 잇는 약 80킬로미터 길이의 파나마 운하

파라과이 수도 : 아순시온

국기 빨강은 정의, 하양은 평화, 파랑은 질서와 자유를 나타내요. 앞면에는 별, 뒷면에는 사자 문양이 있어요.

인구 692만 명

면적 406,752㎢

언어 에스파냐어, 과라니어

많은 양의 전기를 생산하는 이타이푸 댐

페루 수도 : 리마

국기 빨강은 용기와 애국심, 하양은 평화·명예·진보, 가운데 문양은 페루 특산물인 라마와 키나예요. 국내에서는 문양 없는 기가 쓰여요.

인구 3,421만 명

면적 1,285,220㎢

언어 에스파냐어, 케추아어

잉카 제국 최후의 요새로 불리는 마추픽추

취어가는 페이지

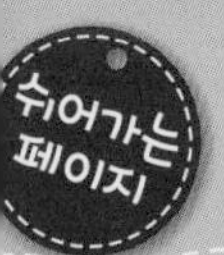

사다리를 타서 어느 나라의 국기인지 나라 이름을 써 보세요.

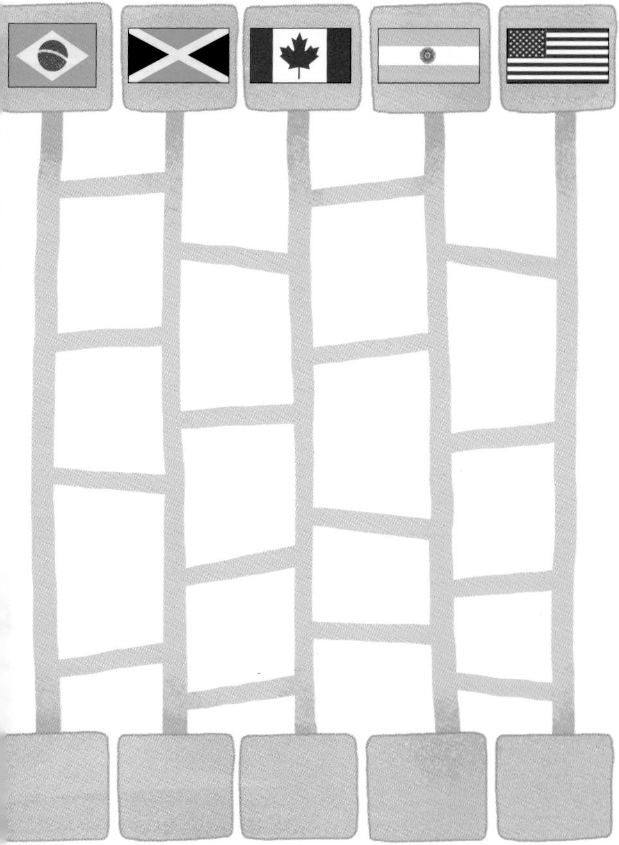

지브롤터 해협
튀니지
지중해
모로코
카나리아 제도
(에스파냐)
알제리
리비아
이집트
서사하라
모리타니
카보베르데
말리
니제르
수단
세네갈
차드
감비아
부르키나파소
기니비사우
기니
베냉
나이지리아
시에라리온
코트 디부아르
가나
토고
중앙아프리카 공화국
라이베리아
카메룬
기니만
적도 기니
상투메 프린시페
가봉
콩고
콩고 민주 공화국
앙골라
대 서 양
앙골라
잠비아
나미비아
보츠와나
세인트헬레나섬(영)
에스와티니
남아프리카 공화국

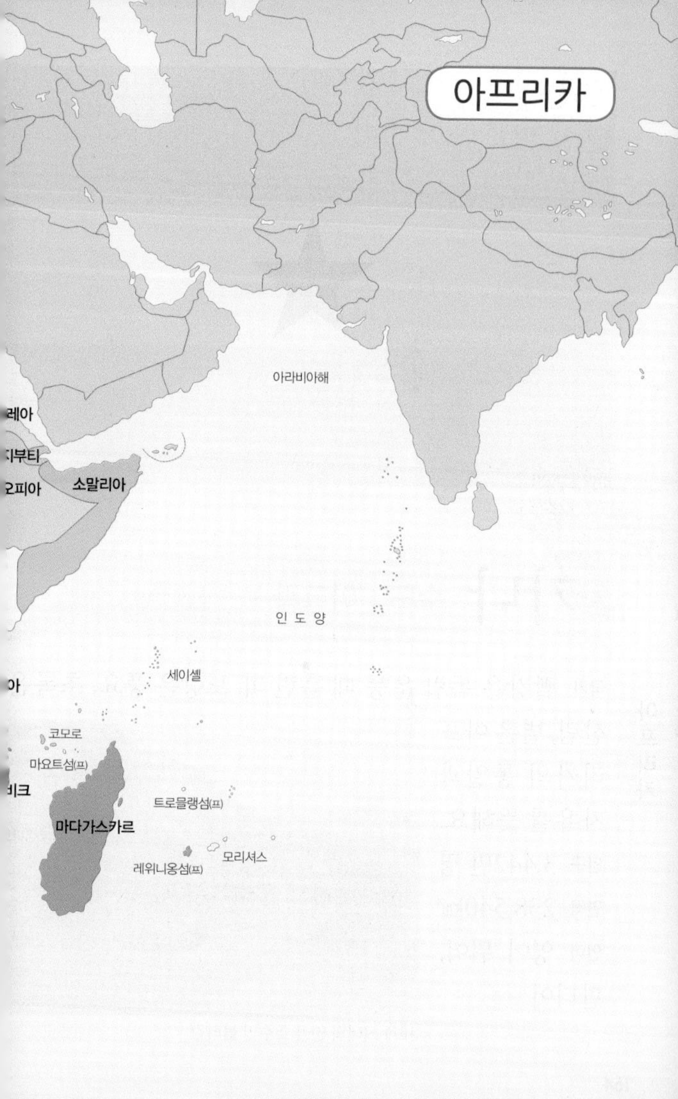
아프리카
아라비아해
소말리아
인 도 양
세이셸
코모로
마요트섬(프)
트로믈랭섬(프)
마다가스카르
모리셔스
레위니옹섬(프)

가나 수도 : 아크라

아프리카

국기 빨강은 독립 운동 때 흘린 피, 노랑은 풍요, 초록은 산림, 별은 아프리카의 통일과 자유를 뜻해요.

인구 3,442만 명

면적 238,540㎢

언어 영어, 튀어, 판티어

세계 최대의 인공 호수인 볼타강

가봉 수도 : 리브르빌

국기 초록은 산림, 노랑은 태양과 적도, 파랑은 바다를 상징해요.

인구 253만 명

면적 267,670㎢

언어 프랑스어

수바이처 박사가 세운 랑바레네 병원

아프리카

감비아 수도 : 반줄

아프리카

국기 빨강은 이웃 나라와의 우호, 파랑은 감비아강, 초록은 농업, 하양은 감비아 강가의 도로를 나타내요.

인구 275만 명

면적 11,300㎢

언어 영어

감비아강의 울창한 맹그로브 숲

기니 수도 : 코나크리

국기 빨강은 독립 투쟁에서 흘린 피, 노랑은 황금과 태양, 초록은 농업·산림·나뭇잎·번영을 나타내요.

인구 1,475만 명

면적 245,860㎢

언어 프랑스어

코트디부아르와 국경을 이루는 님바산

아프리카

기니비사우 수도 : 비사우

국기 빨강은 포르투갈과의 투쟁, 노랑은 풍요, 초록은 농업을 의미하며, 검은 별은 국민의 단결을 나타내요.

인구 220만 명 면적 36,130㎢ 언어 포르투갈어

아프리카

전통 춤을 추는 사람들

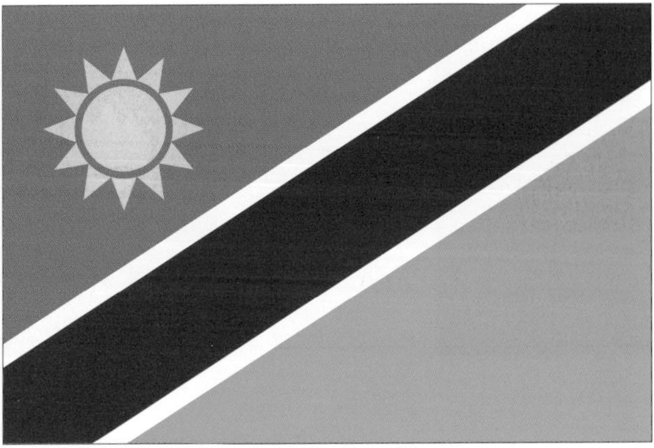

나미비아 수도 : 빈트후크

국기 파랑은 하늘과 대서양, 빨강은 독립 때 흘린 피, 초록은 농업 자원, 하양은 평화, 태양은 독립의 기쁨과 광물 자원.

인구 303만 명

면적 824,290㎢

언어 영어

세계에서 하나뿐인 해안 사막 나미브 모래 바다

나이지리아 수도 : 아부자

국기 양쪽의 초록은 풍부한 농토, 가운데 하양은 화합과 평화를 나타내요.

인구 2억 3,267만 명 면적 923,770㎢ 언어 영어, 부족어

아프리카

아부자시의 이슬람 사원

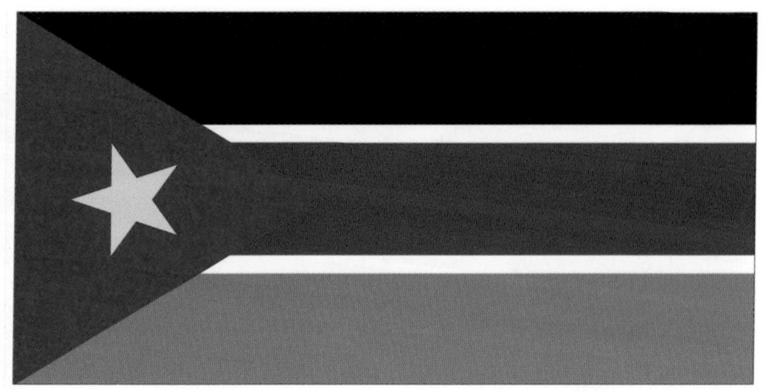

남수단 공화국 수도 : 주바

국기 검정은 흑인, 빨강은 자유를 위해 흘린 피, 초록은 국토, 두 개의 하얀 선은 평화, 파란 삼각형은 나일강, 노란 별은 남수단의 단결을 나타내요.

인구 1,211만 명

면적 644,000㎢

언어 영어, 토착어

남수단 전통 복장을 한 무용수들

남아프리카 공화국

프리토리아(행정 수도)
케이프타운(입법 수도)
블룸폰테인(사법 수도)

국기 빨강은 독립을 위해 흘린 피, 초록은 농업, 노랑은 광물, 파랑은 하늘, 검정과 하양은 흑인과 백인을 뜻해요.

인구 6,400만 명

면적 1,219,090㎢

언어 영어, 아프리칸스어

아프리카의 가장 남쪽에 있는 도시 케이프타운

니제르 수도 : 니아메

국기 주황은 독립 혁명과 사하라 사막, 하양은 평화, 초록은 발전과 번영, 동그라미는 태양을 나타내요.

인구 2,703만 명 면적 1,267,000㎢ 언어 프랑스어

니제르강에서 물고기를 잡는 어부들

라이베리아 수도 : 몬로비아

국기 11개의 줄은 독립 선언서에 서명한 11명, 별은 아프리카 최초의 공화국이라는 긍지를 나타내요.

인구 561만 명 **면적** 111,370㎢ **언어** 영어, 토속어

아프리카

라이베리아성

레소토 수도 : 마세루

국기 파랑은 물과 하늘, 하양은 평화, 초록은 국토와 풍요로움, 가운데 레소토 모자는 민족을 뜻해요.

인구 233만 명

면적 30,360㎢

언어 영어, 레소토어

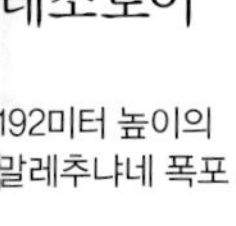

192미터 높이의 말레추냐네 폭포

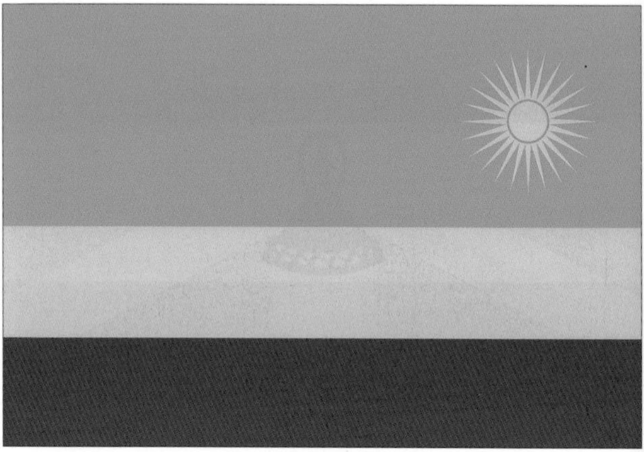

르완다 수도 : 키갈리

국기 하늘색은 사랑과 평화, 노랑은 경제 발전, 초록은 근면과 번영, 태양은 희망을 뜻해요.

인구 1,425만 명

면적 26,340㎢

언어 프랑스어, 키냐르완다어

트와족의 고릴라 탄생 축하 의식

리비아 수도 : 트리폴리

국기 리비아가 영국과 프랑스 신탁 통치로부터 독립한 이후 사용한 옛 리비아 왕국의 국기예요.

인구 738만 명 면적 1,759,540㎢ 언어 아랍어

아프리카

유네스코 세계 문화유산으로 지정된 고대 로마의 도시 유적지 렙티스 마그나

마다가스카르 수도 : 안타나나리보

아프리카

국기 하양은 자유, 빨강은 애국, 초록은 인도양에 가까운 동부 지역 주민을 뜻해요.

인구 3,196만 명

면적 587,295㎢

언어 프랑스어, 마다가스카르어

마다가스카르의 고유종 수컷 표범 카멜레온

말라위 수도 : 릴롱궤

국기 검정은 아프리카인, 빨강은 독립 때 흘린 피, 초록은 말라위의 자연, 위쪽 문양은 태양을 나타내요.

인구 2,165만 명 면적 118,480㎢ 언어 영어, 치체와어

아프리카

바다처럼 큰 말라위 호수

말리 수도 : 바마코

국기 초록은 자연과 농업, 노랑은 순결과 천연자원, 빨강은 독립을 위해 흘린 피와 용기를 나타내요.

인구 2,447만 명

면적 1,240,190㎢

언어 프랑스어

이슬람교의 사원 건물인 젠네 대사원

모로코 수도 : 라바트

국기 빨강은 조상인 알라위트 가문을 상징하고, 별은 이슬람교의 5가지 율법, 초록은 이슬람교의 성스러운 색이에요.

인구 3,808만 명

면적 446,550㎢

언어 아랍어, 프랑스어

파란색과 하얀색의 대비가 아름다운 빛의 마을 쉐프샤우엔 구시가지 모습

모리셔스 수도 : 포트루이스

국기 빨강은 독립을 위해 흘린 피, 파랑은 인도양, 노랑은 자유와 빛나는 태양, 초록은 농업을 뜻해요.

인구 127만 명 면적 2,040㎢ 언어 영어, 크레올어

아름다운 모리셔스섬 전경

아프리카

모리타니 수도 : 누악쇼트

국기 초승달과 별은 이슬람교, 초록은 사하라 사막을 푸른 들판으로 만들겠다는 희망을 뜻해요.

인구 516만 명

면적 1,030,700㎢

언어 아랍어

유네스코 세계 문화유산으로 지정된 신게티

모잠비크 수도 : 마푸투

국기 노랑은 광물 자원, 검정은 국민, 빨강은 해방 전쟁 때 흘린 피, 초록은 농업 국가를 나타내요.

인구 3,463만 명

면적 786,380㎢

언어 포르투갈어, 스와힐리어

수도 마푸투 전경

베냉 수도 : 포르토노보

국기 초록은 산림·희망·부흥, 노랑은 북부 사바나 지역, 빨강은 독립을 위해 흘린 피를 나타내요.

인구 1,446만 명

면적 114,760㎢

언어 프랑스어

간비에 호수 마을 주택들

보츠와나 수도 : 가보로네

국기 하늘색은 비와 물, 얼룩말에서 따온 하양·검정·하양 띠는 흑인과 백인의 단결을 상징해요.

인구 252만 명

면적 581,730㎢

언어 영어, 츠와나어

세계에서 가장 큰 오카방고 삼각주

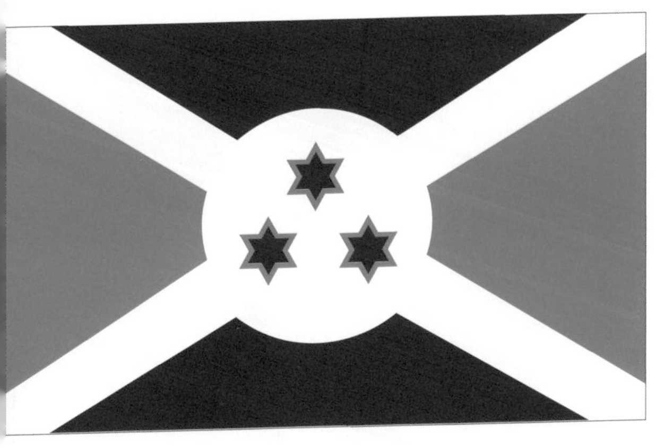

부룬디 수도 : 기테가

국기 별은 통일·노동·진보, 빨강은 독립 때 흘린 피, 초록은 희망, 하양은 평화를 나타내요.

인구 1,404만 명 **면적** 27,830㎢ **언어** 프랑스어, 룬디어

동아프리카에서 두 번째로 큰 탕가니카호

아프리카

부르키나파소 수도 : 와가두구

아프리카

국기 빨강은 혁명, 초록은 농업과 임업, 노란 별은 희망과 천연자원을 나타내요.

인구 2,354만 명

면적 274,200㎢

언어 프랑스어, 모시어

오랜 풍화 작용으로 만들어진 기묘한 암석들

상투메 프린시페 수도 : 상투메

국기 빨강은 독립 때 흘린 피, 노랑은 풍요, 초록은 카카오, 2개의 별은 프린시페섬과 상투메섬을 뜻해요.

인구 23만 명 **면적** 960㎢ **언어** 포르투갈어, 토착어

아프리카

수도 상투메 시내의 성당 및 궁전

세네갈 수도 : 다카르

국기 초록은 이슬람교와 농업, 노랑은 부, 빨강은 독립을 위한 투쟁, 초록색 별은 아프리카의 자유를 상징해요.

인구 1,850만 명

면적 196,720㎢

언어 프랑스어, 월로프어

아프리카 노예 무역의 중심지였던 고레섬

세이셸 수도 : 빅토리아

국기 파랑은 하늘과 바다, 노랑은 태양, 빨강은 국민과 미래를 향한 결의, 하양은 정의, 초록은 땅을 뜻해요.

인구 10만 명 면적 460㎢ 언어 크레올어, 영어

열대 나무와 바위가 어우러진 프레슬린섬

소말리아 수도 : 모가디슈

국기 흰 별은 5개 지방의 단결과 국가의 번영을 뜻하고, 하늘색은 독립에 공헌한 국제연합기의 색이에요.

인구 1,900만 명

면적 637,660㎢

언어 소말리아어, 아랍어

물을 긷는 다답 난민촌 사람들

수단 수도 : 카르툼

국기 빨강은 전쟁에서 흘린 피, 하양은 평화, 초록은 이슬람교의 번영, 검정은 혁명을 뜻해요.

인구 5,044만 명 면적 1,900,000㎢ 언어 아랍어, 영어

아프리카

유네스코 세계 문화유산으로 지정된 메로에섬의 피라미드

시에라리온 수도 : 프리타운

국기 초록은 농업과 천연자원, 하양은 통일과 정의, 파랑은 대서양과 프리타운을 나타내요.

인구 864만 명 면적 72,300㎢ 언어 영어, 멘데어

아프리카

수도 프리타운 모습

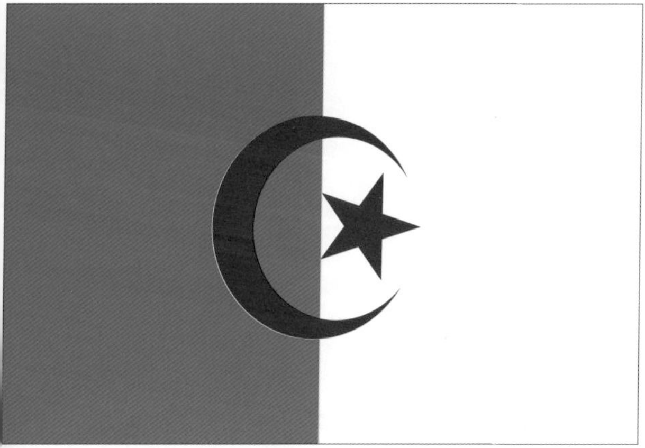

알제리 수도 : 알제

국기 초록은 번영, 하양은 평화, 초승달과 별은 알제리의 국교인 이슬람교를 나타내요.

인구 4,681만 명

면적 2,381,740㎢

언어 아랍어, 베르베르어

트나주에 있는
대 로마 시대 유적지

앙골라 수도 : 루안다

아프리카

국기 빨강은 독립 투쟁에 흘린 피, 검정은 아프리카 대륙, 별은 진보, 톱니바퀴는 공업, 칼은 농업을 뜻해요.

인구 3,788만 명

면적 1,246,700㎢

언어 포르투갈어, 토착어

앙골라와 나미비아 국경에 있는 루아카나 폭포

에리트레아 수도 : 아스마라

국기 초록은 농업, 파랑은 홍해, 빨강은 피, 올리브 가지는 독립 투쟁의 승리와 희망을 나타내요.

인구 353만 명 **면적** 117,600㎢ **언어** 티그리냐어, 아랍어

수도 아스마라 전경

에스와티니 수도 : 음바바네

국기 파랑은 평화, 노랑은 지하자원, 붉은색은 투쟁, 방패와 창은 나라를 적으로부터 보호한다는 의미예요.

인구 124만 명

면적 17,360㎢

언어 영어, 스와지어

산악을 배경으로 한 아름다운 풍경

에티오피아 수도 : 아디스아바바

국기 초록, 노랑, 빨강은 아프리카의 통일을, '솔로몬의 별'이라 불리는 가운데 문양은 국가와 국민의 통합과 발전을 뜻해요.

인구 1억 3,205만 명

면적 1,104,300㎢

언어 암하라어, 영어

다나킬 대평원에 펼쳐진 유황 온천 지대

아프리카

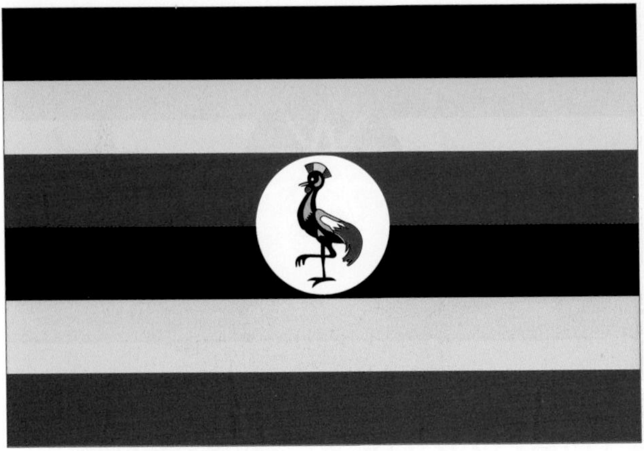

우간다 수도 : 캄팔라

국기 검정은 아프리카 흑인, 노랑은 태양, 빨강은 동포애를 뜻해요. 가운데 새는 민족의 상징이에요.

인구 5,001만 명

면적 241,550㎢

언어 영어, 우간다어

빅토리아 호수의 아름다운 일몰 장면

이집트 수도 : 카이로

국기 빨강은 혁명과 투쟁의 피, 하양은 평화, 검정은 칼리프 시대의 영광을 상징해요.

인구 1억 1,653만 명

면적 1,001,450㎢

언어 아랍어

스핑크스와 피라미드

아프리카

잠비아 수도 : 루사카

국기 빨강은 자유를 위한 투쟁, 검정은 국민, 주황은 풍부한 광물 자원, 초록은 천연자원을 나타내요.

인구 2,131만 명

면적 752,610㎢

언어 영어

잠비아와 짐바브웨 국경에 걸쳐 있는 빅토리아 폭포

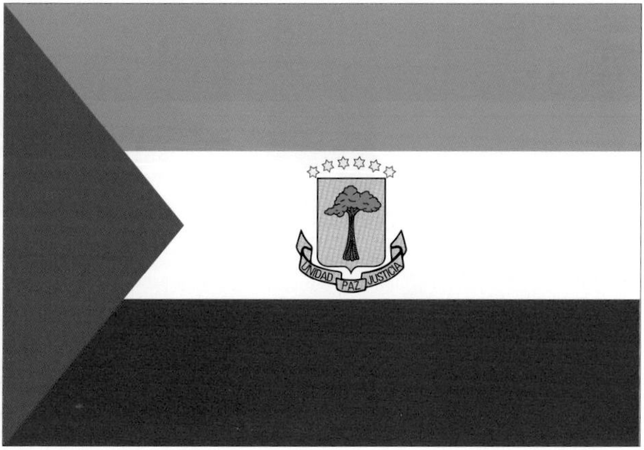

적도 기니 수도 : 말라보

국기 초록은 농업, 하양은 평화, 빨강은 독립을 위해 흘린 피, 파랑은 대서양을 나타내요.

인구 189만 명

면적 28,050㎢

언어 에스파냐어, 프랑스어

울창한 밀림 속 아름다운 2단 폭포

중앙아프리카 공화국 수도 : 방기

국기 빨강은 피, 파랑은 콩고, 하양은 차드, 초록은 가봉, 노랑은 중앙아프리카 공화국을 나타내요.

인구 533만 명 면적 622,980㎢ 언어 프랑스어, 상고어

콩고 민주 공화국과 국경을 이루고 수도인 방기 외곽을 흐르는 우방기강

지부티 수도 : 지부티

국기 별은 독립 투쟁, 초록은 아파르족, 파랑은 이사스족, 흰 삼각형은 두 부족의 단결을 뜻해요.

인구 116만 명

면적 23,200㎢

언어 프랑스어, 아랍어

세계에서 가장 짠 호수로 해수면보다 무려 155미터 아래에 있는 아살 호수

짐바브웨 수도 : 하라레

국기 흰 삼각형은 평화, 초록은 농업, 노랑은 부, 빨강은 독립 투쟁, 검정은 흑인 국가임을 뜻해요.

인구 1,663만 명

면적 390,760㎢

언어 영어, 치쇼나어, 엔데벨어

무지개가 피어오르고 있는 빅토리아 폭포

아프리카

차드 수도 : 은자메나

국기 파랑은 하늘과 미래에 대한 기대, 노랑은 태양과 사막·지하자원, 빨강은 노동 정신과 번영을 나타내요.

인구 2,029만 명

면적 1,284,000㎢

언어 프랑스어, 아랍어

에네디 마시프의 빼어난 경관

카메룬 수도 : 야운데

국기 초록은 농업, 빨강은 독립을 위해 흘린 피, 노랑은 풍요, 가운데의 노란 별은 통일을 나타내요.

인구 2,912만 명

면적 475,440㎢

언어 프랑스어, 영어

드야 동물 보호 구역의 맨드릴개코원숭이

카보베르데 수도 : 프라이아

국기 파랑은 바다와 하늘, 하양은 평화, 빨강은 평화를 위한 노력, 노란 별은 열 개의 큰 섬을 뜻해요.

인구 52만 명 면적 4,030㎢ 언어 포르투갈어, 크레올어

많은 관광객들이 찾는 산타마리아 해변

케냐 수도 : 나이로비

아프리카

국기 검정은 국민, 빨강은 자유를 위해 흘린 피, 초록은 대지와 천연자원, 두 줄의 하얀 선은 평화, 창과 방패는 자유를 지키려는 결의를 나타내요.

인구 5,643만 명

면적 580,370㎢

언어 영어, 스와힐리어

나이로비 국립 공원의 기린

코모로 수도 : 모로니

국기 왼쪽 삼각형 안의 초록은 이슬람교의 성스러운 색이며, 초승달과 별은 이슬람교를 나타내요. 파랑·빨강·하양·노랑은 코모로의 주요 4개 섬을 가리켜요.

인구 86만 명

면적 1,861㎢

언어 프랑스어, 아랍어, 스와힐리어

이코니 그레이트 모스크

아프리카

코트디부아르 수도 : 야무수크로

아프리카

국기 주황은 국가의 번영과 북부의 대초원, 하양은 평화와 국민의 단결, 초록은 평화에 대한 희망과 풍부한 원시림을 나타내요.

인구 3,193만 명

면적 322,460㎢

언어 프랑스어, 부족어

생산량에 있어서 세계 1위인 코코아

콩고 수도 : 브라자빌

국기 초록은 미래에 대한 희망과 풍부한 산림 자원, 노랑은 성실·관용·긍지, 빨강은 청년의 열의를 뜻해요.

인구 633만 명

면적 342,000㎢

언어 프랑스어, 토착어

콩고 브라자빌 북부의 열대 우림

아프리카

콩고 민주 공화국 수도 : 킨샤사

아프리카

국기 하늘색은 아프리카의 푸른 하늘과 자유, 빨강은 정의를 위해 흘린 피, 노란 선과 별은 민족정신을 뜻해요.

인구 1억 927만 명

면적 2,344,860㎢

언어 프랑스어, 토착어

멸종 위기에 처한 살롱가 국립 공원의 보노보

탄자니아 수도 : 도도마

국기 초록은 국토와 농업, 두 줄의 노랑은 광물 자원, 검정은 국민(흑인), 짙은 파랑은 인도양을 나타내요.

인구 6,856만 명

면적 947,300㎢

언어 스와힐리어, 영어

사바나 초원의 치타들

토고 수도 : 로메

국기 빨강은 충절과 박애, 초록은 희망과 농업, 노랑은 지하자원과 도덕·미래를 향한 노력, 하얀 별은 아프리카의 상징으로 독립을 지키려는 강한 의지를 나타내요.

아프리카

인구 951만 명

면적 56,790㎢

언어 프랑스어, 토착어

유네스코 세계 문화유산인 토고의 전통집

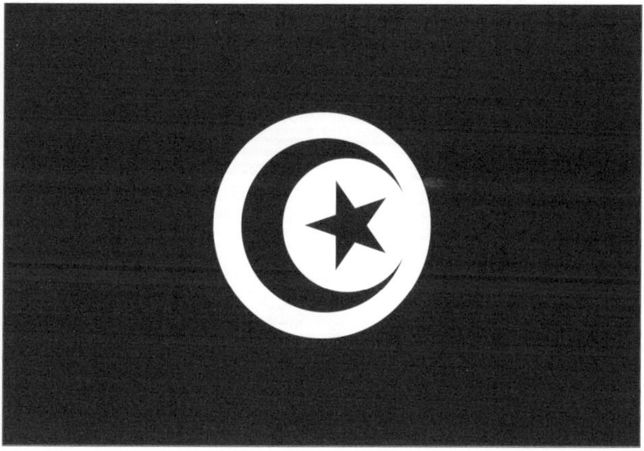

튀니지 수도 : 튀니스

국기 흰 원은 태양, 초승달은 고대 페니키아 여신의 상징이에요. 별과 초승달은 많은 이슬람 국가에서 공통으로 쓰이는 상징이에요.

인구 1,227만 명

면적 163,610㎢

언어 아랍어

이슬람 4대 성지의 하나인 카이르완 대사원

잠깐 쉬어요!

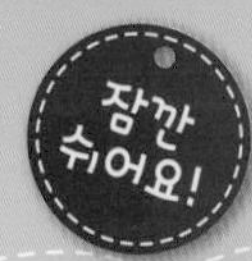

이집트로 여행을 왔어요. 미로를 탈출하여 피라미드가 있는 곳으로 가 볼까요?

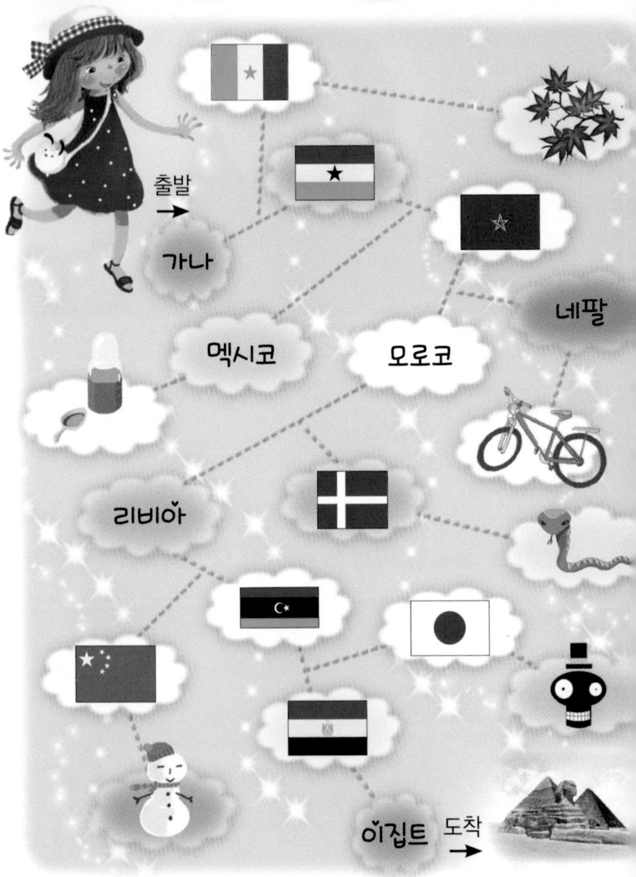

출발
가나
네팔
멕시코
모로코
리비아
이집트
도착

잠깐 쉬어요!

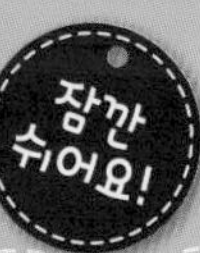

케냐에 있는 친구 집을 찾아가려 해요. 미로를 탈출하여 친구 집을 찾아 주세요.

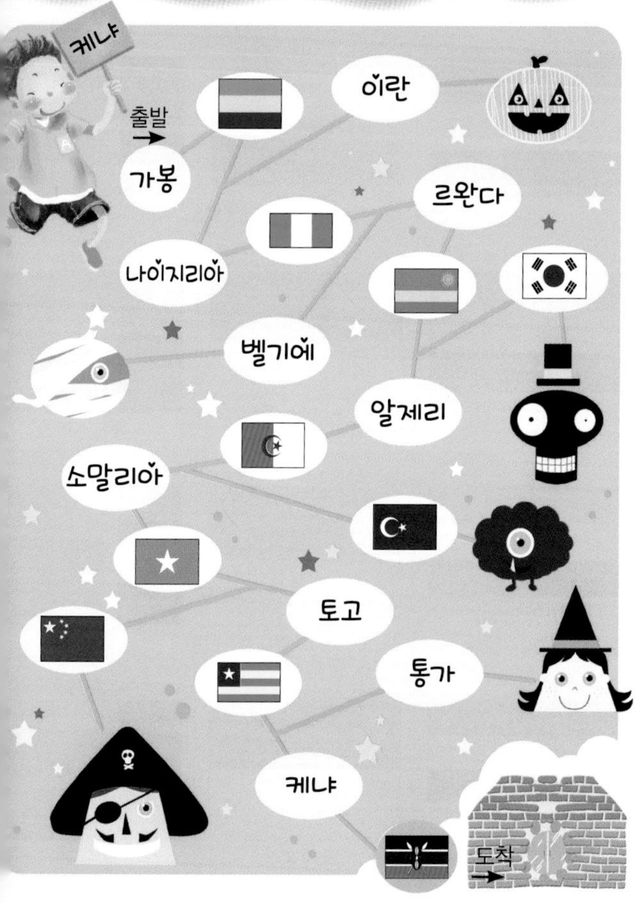
케냐
출발
이란
가봉
르완다
나이지리아
벨기에
알제리
소말리아
토고
통가
케냐
도착

닮아도 너~무~ 닮은 국기 모여라!

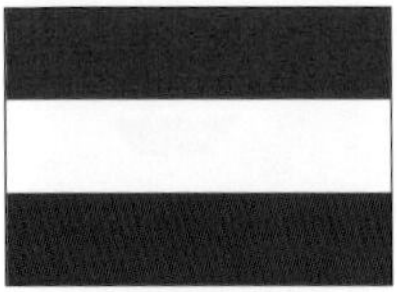

네덜란드

폴란드

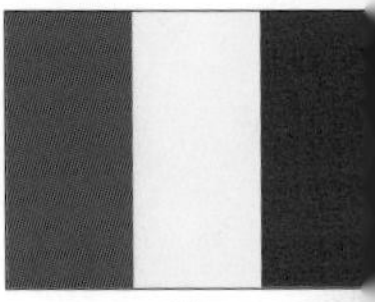

차드

룩셈부르크

인도네시아

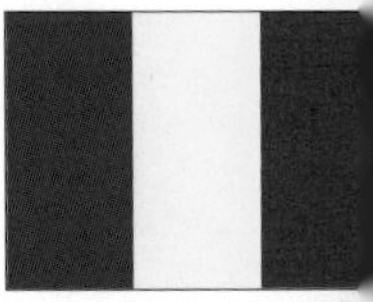

루마니아

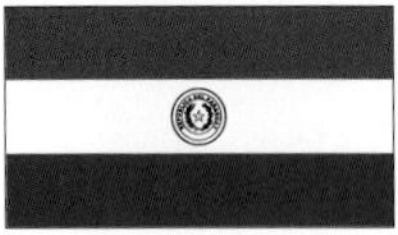

파라과이

모나코

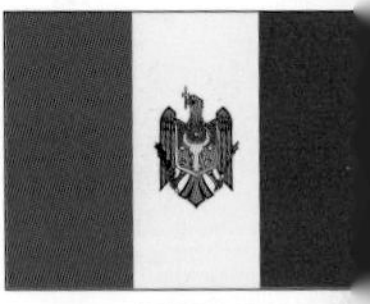

몰도바

헝가리

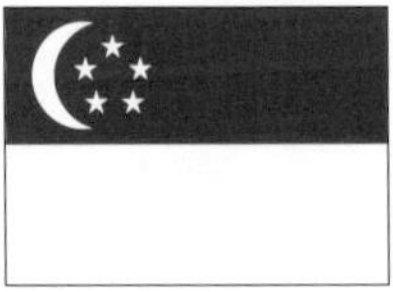

싱가포르

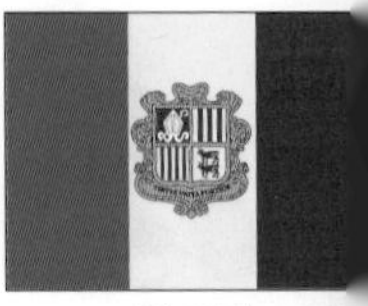

안도라

세계 여러 나라의 국기를 보다 보면 쌍둥이처럼 닮은 국기가 참 많아요. 한번 알아볼까요?

국기에 담긴 여러 가지 의미

국기의 색깔에 담긴 의미

빨간색 : 사람의 피는 모두 빨간 데서 인류의 화합, 또는 독립을 위한 투쟁을 나타내요.

흰색 : 사상이나 이상의 순수함, 또는 순결과 평화, 고요함을 나타내요.

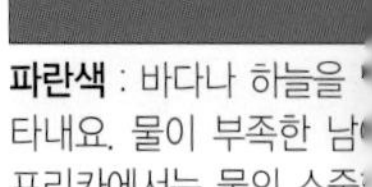

파란색 : 바다나 하늘을
타내요. 물이 부족한 남
프리카에서는 물의 소중
을 뜻해요.

초록색 : 이슬람교에서는 무척 신성한 색깔이에요. 중앙아메리카와 아프리카에서는 숲과 평야, 희망을 뜻해요.

노란색 : 부유함을 뜻해요. 남아메리카와 아프리카에서는 금과 같은 광물 자원을, 서남아시아에서는 지도자를 뜻해요.

검은색 : 아프리카와 중
아메리카에서는 흑인(국
을 뜻해요. 또 아픈 역사
고난을 상징하기도 해요.

국기의 문양에 담긴 의미

십자가 : 스웨덴, 노르웨이, 핀란드, 그리스, 영국, 아이슬란드, 덴마크, 스위스, 조지아, 통가, 뉴질랜드, 오스트레일리아 등의 국기에서 볼 수 있어요. 국기에 나타나는 십자가는 모두 기독교를 뜻해요.

태양 : 모든 나라의 국기에서 태양은 빛과 생명을 주는 존재를 상징해요. 카자흐스탄, 나미비아 등 대부분은 노란색으로 태양을 나타내지만, 가끔 빨간색이나 하얀색으로 표현하기도 해요.

달 : 별과 함께 쓰이며,
슬람교를 상징해요.
별 : 이슬람교를 상징해
하지만 중국, 북한, 베트
국기에서는 공산주의를
징해요. 미국, 필리핀, 브
질에서는 주의 수를 나
내기도 해요.

59쪽

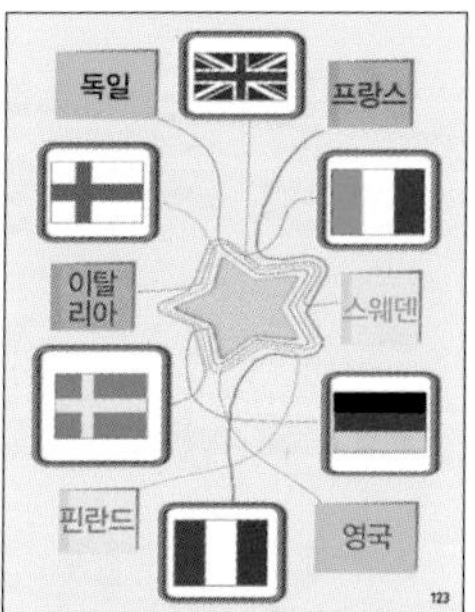

123쪽

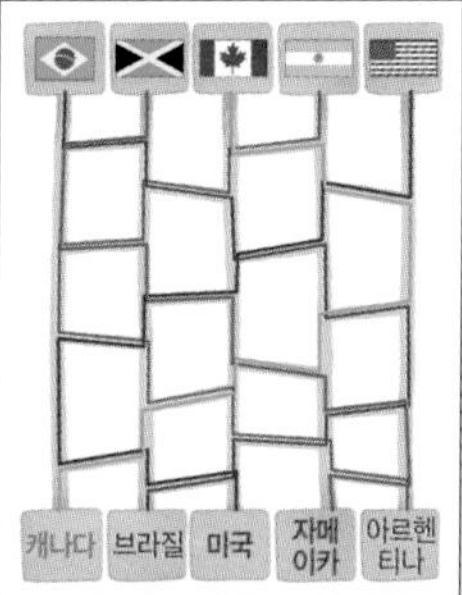

161쪽

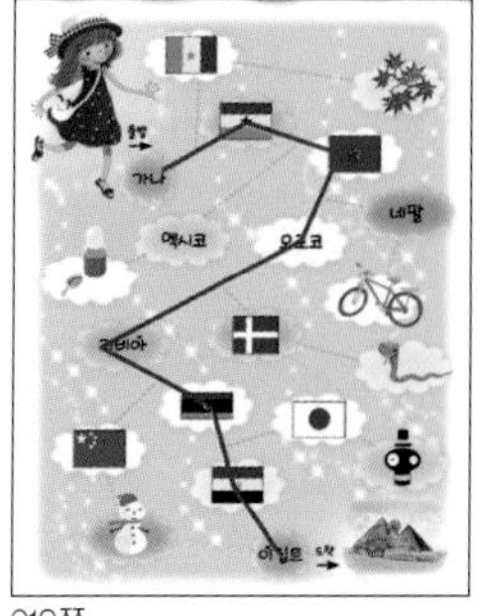

218쪽

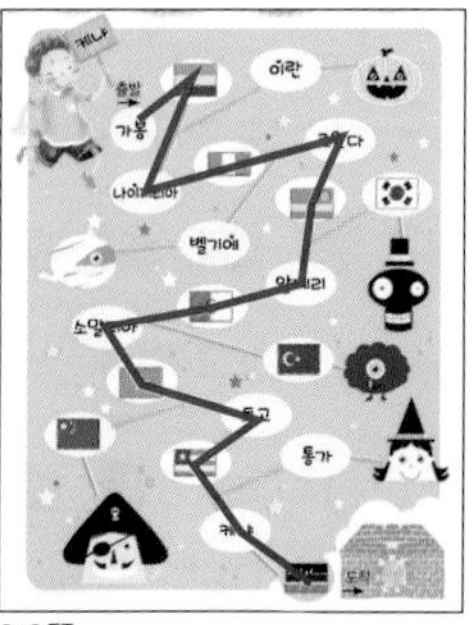

219쪽

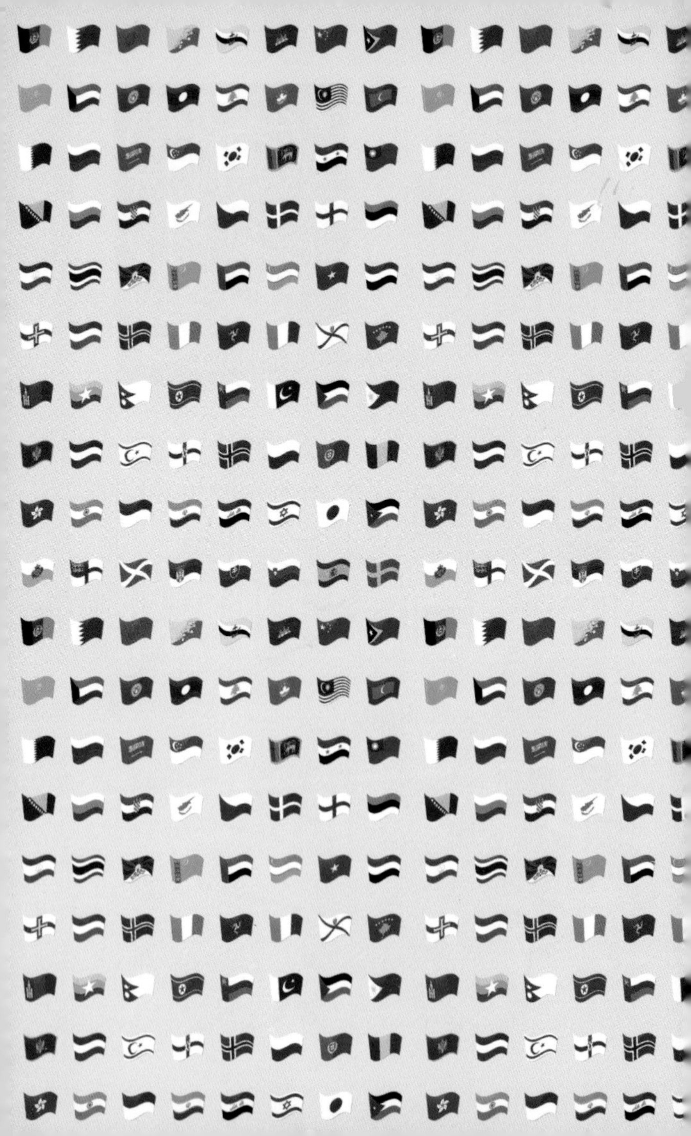